孩子渾然不知即將踏上追尋青鳥的旅程

青鳥

駐足片刻看著沉睡中的孩子們

時辰之舞

水

火與水

貓密謀對付孩子們

思念之境

「哥哥，牽著我的手……我又冷又害怕……」

睡眠、夜晚與死亡

夜之宮殿

橡樹召喚各種樹木的靈魂

墓園

諦諦轉動鑽石

孩子們進入幸福花園

諦諦在幸福花園轉動鑽石

幸福花園出現了各種美妙

王座上的母愛

未來之國

時間打開黎明之門

戀人間的道別

曙光之船駛向地球

黎明的曙光

青鳥在孩子們的手中即將飛去

孩子們回顧一路上的經歷

孩子觀看時辰十二仙子的舞蹈

青鳥

L'Oiseau Bleu

Maurice Maeterlinck

莫里斯・梅特林 ——著

喬潔特・盧布朗 Georgette Leblanc ——改寫

邱瑞鑾、林侑青 ——譯

目錄

Part 1
故事版

Part 2
劇本版

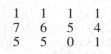

導讀

新藝術的領航，出格的童話

文／鴻鴻（導演）

兩個孩子出發去尋找幸福的青鳥，歷經波折，卻仍然無法把夢中的青鳥帶回家；直到早上醒來，發現原來青鳥就在自己身邊。這個出自一九一一年諾貝爾文學獎得主梅特林克之手的劇本，可說家喻戶曉，經常被兒童劇團搬演，由此改編的散文體版本也廣為流傳。然而如果細讀，故事的主題絕非只有「幸福就在身邊」那麼簡單，還蘊含了許多對自然的哲思和對人類社會的批判。這齣戲的首演，更標誌著現代劇場史的重大革命。

梅特林克與劇場新藝術

梅特林克生於比利時，以法語寫作，大學攻讀法律，後來卻放棄了律師的職業，專心從事文學——主要是劇作，並於三十四歲時移居法國。在十九世紀之末，他詩意盎然的劇本開創了象徵主義風潮，一反當時盛行的寫實主義，以內在真實取代五官所感知的表象真實。他的作品深獲詩人馬拉美的讚賞，作家米爾波更是公開盛讚「梅特林克作品中的美，比莎士比亞的作品更出色。」

梅特林克的劇本，人物經常如同幻影，甚至早期根本是為木偶劇院寫作。劇中的語言簡單，像是夢遊中的囈語，指涉著難以言宣的潛意識，其中的恐懼或期望。而沉默在劇本裡也佔有重要位置：「我們發出的言辭，只有用沉默將之洗刷乾淨才能展現意義。」

追求寫實表演方法的劇場大師史坦尼斯拉夫斯基，他所領導的莫斯科藝術劇院，一八九八年以契訶夫的《海鷗》奠定聲名，但是在一九〇四年契訶夫過世之後，卻面臨了改革的危機。史坦尼斯拉夫斯基大膽宣稱：「寫實主義及其描繪生活的方式已經過時了……我們不應該描繪現實中的生活，而是要捕捉在高超的情緒瞬間，我們的幻想、靈視模糊地感知到的生活。」但是，什麼樣的劇作家能提供這種挑戰的方針呢？——沒錯，就是梅特林克。一九〇四年，史坦尼斯拉夫斯基一口氣搬演了梅特林克的三齣獨幕劇《闖入者》、《室內》以及《群盲》——劇本還是契訶夫建議的（這也可看出契訶夫對梅特林克的讚佩與共鳴）。導演在視覺上下了很多工夫，包括以布幔取代了慣常的寫實景片、燈光也發揮重要作用，甚至邀請前衛藝術家參與設計，但演出並不成功，主要是因為演員的心理寫實表演，不足以掌握那些夢般角色的感性、詩意、與存在焦慮。

於是，史氏邀請年輕的導演梅耶荷德主持實驗性的小劇場工作坊，繼續嘗試以實驗性手法搬演梅特林克，包括採用中世紀的神祕儀式及人聲音樂，但仍然不對勁。梅耶荷德回到烏克蘭繼續以梅特林克的其他劇本作實驗藍圖，史氏則痛下決心，從演員訓練著手改造。其結果便是一九〇八年《青鳥》的世界首演，大為轟動，這版本遂成為莫斯科藝術劇院的保留劇目。大家開始理解史氏所言的真正意涵：「新藝術的力量在於顏色、線條、音符和聲韻的結合，產生種種的整體氛圍，讓觀眾無意識之間體會到我們的生活。」

首演當時，《青鳥》劇本其實尚未出版，梅特林克也未能親臨排練，導演僅以書信和劇作家往返溝通，任何改動都先徵得同意。譬如，劇中的兩個小孩角色設定為一個十歲、一個六歲，很難讓孩童演員負擔如此吃重的演出，必須採用超齡的演員。一九〇九年《青鳥》劇本在巴黎正式出版，並在英國首演，接著是一九一〇年美國首演，一九一一年才迎來了巴黎首演，一路風靡。

夢幻之下緊抓著現實

《青鳥》自此變成梅特林克最受歡迎的劇作，或許也因為劇中人物從過往靜態的等待——等待黑夜、等待死亡——轉而主動追求，付諸行動，展現了動人的理想主義與樂觀精神。

然而，即使在百年後的今日，舞台概念和技術已高度發展，搬演《青鳥》都不是件易事。梅特林克的劇本布滿難以具體實踐的狂想，諸如「水龍頭以拔尖的聲音唱著歌，化身為明亮的水泉，在水槽上注滿了珍珠和翡翠，從這些珍寶裡，又跳出像是少女一般的水的靈魂。」「在工作室裡，每個發明家都啟動了自己發明的理想機器。這時候一片青色的轉輪、轉盤、飛輪、齒輪、滑輪、傳動皮帶等各式各樣奇奇怪怪、還未命名的東西一一轉動起來，籠罩在不真實的淡青色迷霧中。一件件奇異、神祕的機器憑空升了起來，在拱頂之下飛翔，或者是在石柱間的地上匍匐前進。」或是孩子兩手滿是拍打著翅膀的青鳥，鳥兒的藍翅膀狂亂拍打著……這些都考驗著每一代藝術家的技巧、想像力、與美感轉化能力。

今日讀來，《青鳥》的魔幻雖然迷人，但其中的現實指涉卻更引人深思。一開場有如更早一世紀的格林童話《糖果屋》般，兩個貧窮的小孩奢望不可得的聖誕禮物，眼巴巴望著富人小孩的盛宴，對比後來旅途中遭遇各種好吃懶做、虛榮浮華的「幸福」*，作者的階級批判毫不掩藏。又如小孩在森林中遇見被人類濫伐濫殺的樹木和動物，他們轉化為兇惡的邪靈意欲反撲，也直白傳遞環保與動保的思想。兄妹身邊的協力部隊還經常內訌，包括背骨的貓備受寵愛，忠誠的狗卻被打入冷宮，直到最後都未平反。還有當

* 編按：這個情節只出現在劇本版，未出現在故事版。

孩子抓來的青鳥死在手裡，光仙子還在安慰傷心的孩子，狗的反應卻是：「這些能吃嗎？」一道盡弱肉強食的殘酷。這些超越「普級」的內容，或許很容易被馬虎的重述者或演出者輕描淡寫、一語帶過，但正是這些芒刺，讓《青鳥》雖然夢幻，卻緊抓著現實的肌理，不肯敷衍了事，粉飾太平，讓大人小孩都可以深深共鳴。

譯序

追尋，帶我們找到回家的路

文／林侑青

比利時作家梅特林克於一九〇八年完成《青鳥》劇本，在歐美劇院上演後大受歡迎。一九一三年，法國知名女高音暨演員喬潔特．盧布朗，同時也是他的戀人，將劇本改寫為兒童故事，《青鳥》走進廣大讀者的世界，也成為梅特林克最知名的作品。

劇本版與故事版的差異

同時閱讀劇本與故事兩個版本，會發現文字風格大異其趣。梅特林克喜愛話裡藏鋒，好比在〈未來之國〉裡，時間老人要求未出生的小孩降生地球之前，「準備點什麼帶去吧，如果你要的話，大罪也行，或是一種疾病，我無所謂。」當藍衣小孩問諦諦：「媽媽人都很好，是真的嗎？」諦諦答：「這是真的，媽媽比什麼都好，奶奶也很好，不過她們通常很快就死掉。」

而在故事版裡，只提「奶奶會死掉」，也刪掉劇本裡許多像上述時間老人那句話般暗藏犀利批判的台詞。盧布朗的文筆較為感性，在故事伊始便創造了和藹的敘事者，不時現身親暱呼喚「親愛的小讀者」、「我們的小英雄」。

最顯著的差異，莫過於結構的更動。劇本版在〈夜之宮殿〉後，先去〈森林〉、〈墓園〉，接著是〈幸福花園〉，再到〈未來之國〉，最後收尾；故事版則在〈夜之宮殿〉後，先去〈未來之國〉，新添一章〈光之神殿〉，再接回〈墓園〉、〈森林〉，然後收尾。

也許是梅特林克對〈幸福花園〉的描述冗長，或考量兒童不易理解那麼多形而上的角色（豪奢安逸的「肥胖幸福」，與美麗輕盈的幸福、「家裡的幸福」，還有如天使般高大的「歡樂」），故事版直接刪掉這部分，將其中的哲理挪到結尾，透過敘事者揭露幸福的真相；並另添〈光之神殿〉，藉由描繪「富人之光」、「窮人之光」、「知識之光」等，舉重若輕地帶入社會批判。

心靈提升之旅與塔羅牌

而這個更動，也讓我意外發現一件奇妙的事：盧布朗的章節編排，竟然呼應了韋特塔羅牌的設計。

可考據的塔羅牌卡最早出現在十五世紀中葉的義大利，是貴族間流行的紙牌遊戲。一八八八年至一九〇三年間，法國神祕學者伊萊列維（Éliphas Lévi）創立了「金色黎明會」（The Hermetic Order of the Golden Dawn），整合各種西方魔法與神祕學譜系，融入猶太教神祕哲學「喀巴拉」，將塔羅發展成一套祕密知識體系，深信藉由研習神祕儀式，個人便能經歷塔羅描述的歷程達到開悟，獲得神聖的知識與力量。一九一〇年，金色黎明會的成員韋特（A.E.Waite），出版了現代流傳最廣的「韋特塔羅牌」。這套牌卡包含二十二張大阿爾克納（Major Arcana，也稱大祕儀）和五十六張小阿爾克納。大阿爾克納的牌義會構成一段「心靈提升的旅程」。正如故事版《青鳥》！

諦諦與蜜諦這對小兄妹就像0號牌「愚者」，帶著天真的勇氣跳進未知的歷險，牌面上愚者腳邊畫了一隻狗兒，就像忠誠的諦洛。碧露娜仙子是1號牌「魔術師」，賜給諦諦能看清真相的魔法鑽石，象徵2號牌「女祭司」的靈性智慧。

在〈思念之境〉和〈夜之宮殿〉章節中，一心想達成任務的諦諦，猶如7號牌「戰車」愈挫愈勇，在困頓掙扎中淬鍊出8號牌「力量」。〈未來之國〉裡的時間老人，和9號牌「隱者」一樣有著固執、孤獨、智者的形象。〈光之神殿〉一章，既是為未來轉折做鋪墊的10號牌「命運之輪」，也具有12號牌「倒吊人」安心休憩的能量。

接著，孩子們在〈墓園〉經歷13號牌「死神」和14號牌「節制」，跨越了死亡的幻相。在〈森林〉一章，慾望永無止盡的人

類好比15號牌「惡魔」，孩子們遭遇動植物襲擊正是16號牌「高塔」的無常。一路上，兄妹倆始終懷抱17號牌「星星」的盼望，克服了18號牌「月亮」的恐懼不安，即將迎來19號牌「太陽」預示的成功。

當結尾諦諦願意將心愛的鳥兒送給鄰居小女孩，便通過了20號牌「審判」。至此，兄妹倆獲得澄澈的智慧之眼，抵達21號牌「世界」的快樂圓滿。

這僅是巧合嗎？微妙的是，梅特林克和盧布朗都描繪時間老人登場時，身後有一片色澤如黎明（Dawn）的海洋，停泊著一艘宏偉的金色（Golden）大帆船。倘若時間老人確實象徵隱士（The Hermit），這一切，是否悄悄隱喻了「金色黎明會」？他們會是成員嗎？盧布朗接觸過韋特塔羅牌嗎？我能否解讀為她的《青鳥》與塔羅有關？我並無證據，但真有也不覺得奇怪，畢竟世間萬物往往以奧妙的方式連結在一起。

靈性成長的祝福

能翻譯本書，也是一個奧妙的祝福。剛著手進行沒多久，我的好友猝逝，悲痛來得措手不及。這個故事默默撫慰著我，翻譯到〈思念之境〉時，我想像著每次憶及好友，她便會在另一個國度「活過來」。還有〈墓園〉裡珍貴的提醒：萬物不滅，只是轉換存在的型態延續下去。我在字裡行間撿拾智慧之光，印證檢驗自己靈性上的成長。

或許，這個故事早就安排好自己要在一百年後脫離「兒童讀物」的束縛。尤其，漫遊者推出這個版本希望以成人為目標讀者，翻譯上也力求簡潔優美，著重音律。我私心將哥哥 Tytyl 譯為「諦諦」，因為他是能看清事物真實樣貌的孩子，「諦」是佛法裡「真實不虛的道理」；妹妹 Mytyl 譯為「蜜諦」，「蜜」字取自「般若波羅蜜多」，意即「以無上般若智慧到達解脫的彼岸」。

願這個故事，能陪伴此刻正經歷靈魂覺醒、帶著內在小孩勇敢踏上未知旅程的人們，練習在一次次負面經驗裡煉金，去除心念裡的雜質，革除習性的障礙，學會超越二元對立的幻相，擁抱本自具足的慈悲與智慧，做好靈魂來地球要做的事，找到回家的路。

謝謝路上所有的相遇。

謹以此文，獻給吾友楊茵絜。

《青鳥》的象徵與哲思

文／漫遊者編輯室

「我們必須要有足夠的勇氣，才能看到那些看不見的事物。」這是一九〇八年，《青鳥》首次在莫斯科藝術劇院首演時，導演史坦尼斯拉夫斯基對這齣戲的詮釋。

兩個小孩在耶誕夜裡踏上尋找青鳥的旅程，最後徒勞無功地回到家。然而，當他們從奇妙夢境返回現實生活，周遭的人事物在他們眼中變得更美好了，他們也更懂得關懷與付出，即使一度短暫現身的青鳥消失了，他們也不多作沮喪，對往後的追尋懷抱信心。

這個簡單卻充滿夢幻細節的故事，吸引了世界各地的觀眾與讀者；不僅原劇本被改編為電影、歌劇、百老匯版本，喬潔特．盧布朗為兒童改寫的故事版本，更讓《青鳥》廣泛地在家庭與學校間流傳，走入每個大人和小孩的心中。

「青鳥」成了「幸福」的代名詞

「大多數人從生到死始終沒有享受過身邊的幸福，是因為他們有一種錯覺，認為物質享受才是幸福。其實，真正的幸福是用一顆無私的心幫助他人而帶來的精神享受，助人為快樂之本。」梅特林克這麼說。

當仙子要求兩個小孩出發去尋找青鳥，只是為了讓孩子們看見幸福真正的樣貌。在故事中，青鳥看似是一個具體的目標，卻讓兩個小孩在旅途上遭遇了各種試驗不知所措：他們以為明白可見的事物，往往成了誘惑與威脅；他們感到陌生與恐懼的事物，卻可能平靜且和善。梅特林克讓各種有形無形的物質、動植物、思想情感，甚至時間與抽象概念都擬人化了；透過夢幻且神祕的情節，我們能夠以小孩的純真眼光，在一個個試驗之中思索善惡是非，認清生命中重要的概念：「愛」、「正義」、「幸福」。

《青鳥》中的哲學思考

梅特林克一生寫過廿多個劇本，在本世紀初即已是象徵主義戲劇的代表人物。他的作品《莫娜．凡娜》（1902）、《喬賽兒》（1903）到《青鳥》（1909），都試圖回答道德和人生觀的問題，也透過故事來展現哲學觀點。他認為，世界包含了可見與不可見的事物，並且是由可見的人與不可見的心靈所維繫。作家不應該只著力於表面可見的描寫，而是要直入精神殿堂之內，因此，梅特林克致力把「生活的淵源和隱祕之處探索出來」。《青鳥》要展現的，或許更是「追尋」的旅程，以及歷程之中的種種情感體驗、對快樂的省思、對人生的領悟。

法國古典文學的重量級譯者鄭克魯提出，《青鳥》包含了幾層象徵意義：它是獨一無二的人類幸福的體現，它又包含著大自然的奧祕，因此它既體現著人類精神上的幸福，同時又體現著人類物質上的幸福，既關係到現實生活，又關係到未來生活。它既有著優美的詩意，也有著深邃的哲理意味，這些都是《青鳥》一劇成功的要素。

一九一一年，梅特林克獲得諾貝爾文學獎，理由是「他多方面的文學活動，尤其是他的戲劇作品具有豐富的想像和詩意的幻想等特色，這些作品有時以童話的形式顯示出一種深邃的靈感，同時又以一種神妙的手法打動讀者的感情，激發讀者的想像。」在《青鳥》這個劇本中，我們尤其能感受這樣的特質。

《青鳥》於莫斯科藝術劇院演出的劇照

1. 諦諦與蜜諦
2. 諦諦與蜜諦
3. 碧露娜仙子
4. 糖與蜜諦
5. 麵包

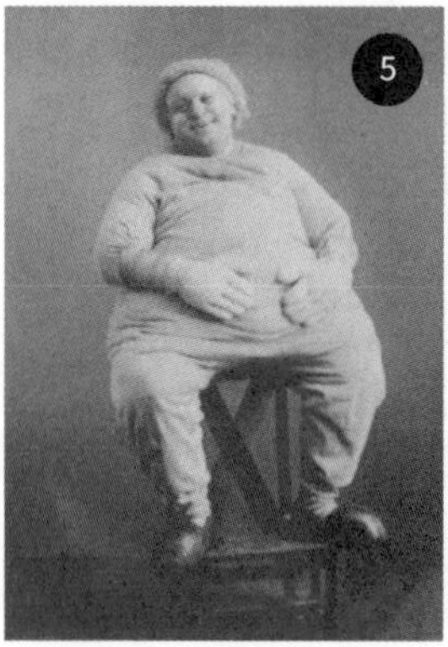

6. 火
7. 水
8. 牛奶
9. 母貓諦蕾
10. 夜后
11. 榆樹
12. 時間老人與未出生的孩子

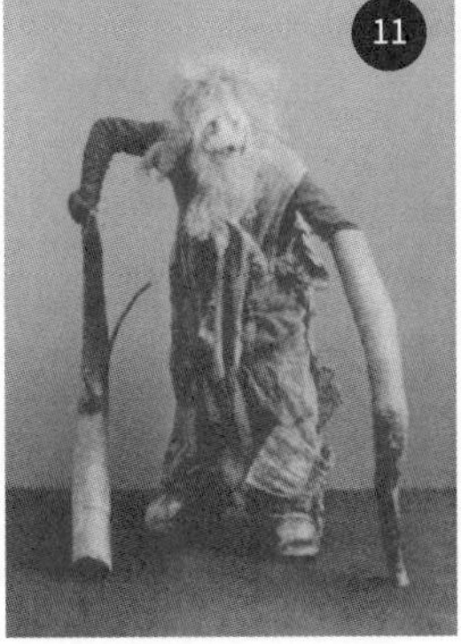

《青鳥》珍本書、海報與紀念幣

1. 《青鳥》劇本法文首版書書名頁（1909）
2. 《青鳥》劇本英文首版精裝書封面（1911）
3. 《青鳥》兒童故事英文首版精裝書封面（1913）
4. 一九〇九年，《青鳥》在倫敦乾草市場劇院（Haymarket Theatre）演出海報，由斐德列克．卡萊．羅賓森設計。
5. 《青鳥》百年紀念幣，比利時在二〇〇八年發行的50歐元硬幣上使用青鳥圖案

作家肖像

1 梅特林克

2 梅特林克簽名

3 梅特林克與喬潔特・盧布朗

4 喬潔特・盧布朗

5 喬潔特・盧布朗演出《莫娜・凡娜》

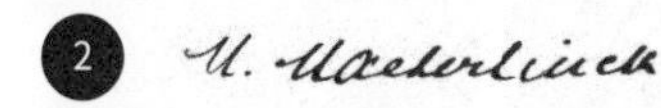

Part 1
故事版

第一章　樵夫的小屋

很久以前，廣袤古老的森林邊上有一棟小屋，住了樵夫與他的妻子。他們有兩個可愛的孩子，孩子們遇上了一場奇妙的冒險。

不過，在全盤告訴你之前，我得先向你形容一下孩子們，讓你知道他們的個性。因為，若非他們如此善良勇敢、大膽堅定，你等等即將聽到的稀奇故事可能根本不會發生。

諦諦，我們的小英雄，今年十歲。他的妹妹，蜜諦，才六歲。

諦諦是個高高壯壯結實的小傢伙，喜歡玩耍嬉鬧，所以有一頭老是打結的黑色鬈髮。他很討人喜歡，因為看起來一臉好脾氣又滿懷笑意，眼神晶亮。他最棒的一點，是像個天不怕地不怕的小男子漢，心地高貴光明。一大清早，他跟著爸爸樵夫諦爾快步走過林中小徑，身上的舊衣衫看起來如此雄赳赳氣昂昂，彷彿天地間所有美好的事物都在等他經過時對他微笑。

他的妹妹可不同了，她穿著媽媽細心補綴的長連衣裙，看起來甜美可愛。她比黝黑的哥哥白了些，怯生生的大眼睛和田野間的勿忘我一樣靛藍。什麼事情都能嚇到她，再不起眼的小事也能讓她掉淚。雖然靈魂還是個孩子，她已經具備了優秀的女性特質，她溫柔又慈愛，全心全意崇拜哥哥。比起拋下他，她毫不猶豫地陪伴哥哥踏上這趟漫長艱險的旅程。

我們的小英雄和英雌發生了什麼事情，竟然在一夜之間走到外面的世界尋找幸福？這就是我故事的主題。

蒂蒂爸爸的小屋是鄉里間最清寒的，對面矗立了一幢豪華的宅邸，住著有錢人家的小孩，這也讓他的小屋顯得更悲慘。夜晚，當豪宅的餐廳和客廳亮起燈，從小屋的窗戶可以看見裡面的動靜。白天，能看見他們家小孩在陽台、花園和溫室裡玩耍。人們會大老遠從鎮上來參觀這座溫室，因為裡頭總是種滿奇花異卉。

今晚可不是尋常的夜晚，是聖誕夜。蒂蒂媽媽陪孩子們上床睡覺，給了他們比平時更憐愛的晚安吻。她有點傷心，因為暴風雨的天氣讓蒂蒂爸爸沒辦法到森林裡工作，她也就沒錢買禮物放進蒂蒂跟蜜蒂的聖誕襪。孩子們很快睡著了，萬物寂靜，除了貓咪的呼嚕聲、狗兒的鼾聲，還有曾祖父那座老時鐘的滴答聲，聽不見一丁點兒聲音。突然間，一道亮如白晝的光線從百葉窗的縫隙爬了進來，桌上的油燈又自個兒亮了。孩子們醒了，打了喝欠，揉了揉眼睛，在床上伸了伸手臂。然後諦諦小心翼翼喊了聲，「蜜諦？」

「嗯，哥哥？」她回答。

「你睡著了嗎？」

「你呢？」

「沒有啊。」諦諦說，「睡著了我要怎麼跟你說話？」

「聖誕節到了嗎？」他妹妹問。

「還沒，要明天才是。可是今年聖誕老人不會送禮物給我們。」

「為什麼？」

「我聽媽媽說她沒辦法去鎮上請他來，不過他明年會來。」

「明年很久嗎？」

「還蠻久的。」男孩說，「但是聖誕老人今晚會去有錢人家小孩那裡。」

「真的嗎？」

「唉呀！」諦諦突然大叫，「媽媽忘記熄燈了！……我有個主意！」

「什麼？」

「我們起床吧。」

「可是我們不可以。」總是乖乖聽話的蜜諦說。
「為什麼，又沒有別人在這裡！你看到百葉窗了嗎？」
「哇，好亮！」
「是宴會的燈火。」諦諦說。
「什麼宴會？」
「對面的有錢小孩啊。那是聖誕樹，我們打開百葉窗吧……。」
「可以嗎？」蜜諦怯怯地問。
「當然可以，又沒人阻止我們……你聽到音樂了嗎？我們快起床。」
孩子倆跳下床，跑向窗邊，爬上椅凳，推開百葉窗。明亮的光線填滿房間，孩子們熱切地往外望。
「我們全部都能看到耶！」諦諦說。
「我看不到。」可憐的小蜜諦說，她在凳子上根本找不到地方站。
「下雪了！」諦諦說，「有兩輛馬車，每輛車有六匹馬。」
「有十二個小男生走出來了！」蜜諦說道，她竭盡所能往窗外窺探。
「才怪，是十二個小女孩……。」
「可是他們穿燈籠褲……。」
「安靜，你看！」

「那些掛在樹枝上的金色東西是什麼？」

「一定是玩具！」諦諦說，「寶劍，步槍，士兵，大砲……。」

「那些擺滿桌上的又是什麼？」

「蛋糕，還有水果塔。」

「哇，那些小孩好漂亮。」蜜諦拍著小手說。

「他們一直笑一直笑！」諦諦說。

「還有小朋友在跳舞！」

「對耶，那我們也來跳！」諦諦大聲說。

孩子倆開始在凳子上歡樂跺腳。

「好好玩！」蜜諦說。

「他們要吃蛋糕了！」諦諦大叫，「他們可以碰蛋糕耶……他們在吃了，他們在吃了，他們在吃了！噢好好喔，好好喔。」

蜜諦數起腦海中想像的蛋糕。

「我有十二塊……。」

「我有十二乘四塊！」諦諦說，「但我會分一些給你。」

我們的小朋友就這樣開心地跳舞，大笑，尖叫，沉醉在別人家小孩的幸福裡，忘了自己的貧困跟匱乏。他們很快就能獲得屬於他們的獎勵。突然，傳來一陣響亮的敲門聲。孩子們嚇得馬上停止嬉鬧，動都不敢動。接著，門上粗大的木門自己提了起來，發出好大的嘎吱聲。門緩緩開了，走進一位嬌小的老婦人，穿著一身綠衣，罩著紅斗篷。她駝著背，瘸著腿，瞎了一隻眼，鼻子都快鉤到下巴了，走路還拄了根拐杖。她肯定是一位仙子。

她蹣跚走向孩子們，用濃重的鼻音問：「你們這兒有會唱歌的草，或是青色的鳥嗎？」

「我們是有一些草。」諦諦渾身顫抖著回答，「可是不會唱歌……。」

「我哥哥有一隻鳥。」蜜諦說。

「但不能給別人，因為牠是我的。」小傢伙趕緊添上一句。

這可是最要緊的頭號理由，不是嗎？

仙子戴上大大圓圓的眼鏡看著鳥兒。「牠顏色不夠藍。」她大聲說，「我要一隻百分之百的青鳥。這都是為了我的小女兒，她病得很重……你們知道青鳥意味著什麼嗎？不知道？我想也是。既然你們是好孩子，我就告訴你們。」

仙子舉起彎曲的手指湊近她長長的鷹勾鼻，神祕兮兮悄聲說：「青鳥意味著幸福。你們要知道，得讓我的小女兒開心她的病才會好。所以，我現在下令，你們要到外面的世界去幫她尋找青鳥。你們得馬上出發……你們知道我是誰嗎？」

孩子們交換了困惑的眼神。事實上他們從來沒有見過仙子，她的出現讓他們有點害怕。不過，蒂蒂馬上禮貌地回答：「你很像我們的鄰居碧靈果太太。」

蒂蒂以為自己這樣說是在稱讚仙子。因為碧靈果太太的店就在他們家隔壁，是個讓人心情愉快的地方，裡面堆滿各種甜點、糖球、巧克力雪茄，還有小糖人和母雞。要是遇上市集期間，還會有包裹在燙金包裝紙裡的大薑餅娃娃。她的鼻子跟仙子的一樣醜，人也老老的，而且，她跟仙子一樣走路蜷著腰像折成兩半。但她人很好，有一個可愛的小女兒，以前禮拜天總會和樵夫家的小孩一起玩。不幸的是，這個有著美麗秀髮的可憐小女孩得了不知名的痼疾，經常臥病在床。當她臥床的時候，總會拜託蒂蒂讓她跟鴿子玩。但蒂蒂太愛這隻鳥了，不願意給她。小男孩想到這些跟仙子說的情況很像，所以他才稱呼她碧靈果太太。

他沒想到，仙子氣得滿臉通紅。她有個愛好是讓自己的模樣獨一無二，因為她可是仙子，只要她想，就能隨心所欲隨時立刻改變容貌。那晚，她只是剛好變成又醜又老又駝背，瞎了隻眼睛，肩上還垂著兩綹稀疏的灰髮。

「我長得怎麼樣？」她問蒂蒂，「是漂亮還是醜？年輕還是老？」

她之所以問這些是想考驗小男孩是否善良。他轉過頭去不敢說實話。於是她大喊：

「我是碧露娜仙子！」

「噢，好的。」蒂蒂回答，他此時已經緊張得四肢顫抖。

這讓仙子很滿意。由於孩子們還穿著睡衣，她叫他們去換衣服。她一邊幫忙蜜蒂一

仙子幫蜜蒂換穿衣服

邊問：「你們的父母呢？」

「在裡頭。」蒂蒂指著右邊的房門說，「他們在睡覺。」

「你們的祖父母呢？」

「他們死了……。」

「你們的兄弟姊妹呢？有嗎？」

「喔有，有三個弟弟！」蒂蒂說。

「還有四個妹妹。」蜜蒂說。

「他們人呢？」仙子問。

「他們也死了。」蒂蒂回答。

「你們想再見到他們嗎？」

「想啊！現在立刻！讓我們見見他們！」

「他們可不在我的口袋裡。」仙子說，「但幸運的是，等你們經過『思念之境』就能見著了，就在去找青鳥的路上，在左手邊，經過第三個路口……我敲門時你們在做什麼？」

「正在玩吃蛋糕遊戲。」蒂蒂說。

「你們有蛋糕嗎？在哪裡？」

「在對面有錢小孩家呀……快來看，超棒的！」蒂蒂把仙子拉到窗邊。

「那是別人在吃蛋糕啊！」她說。
「是沒錯，但我們可以看他們吃。」諦諦說。
「你們不氣惱他們？」
「為什麼？」
「因為他們把蛋糕都吃完了，我覺得他們半點都不分給你們實在不應該。」
「不會啊，他們有錢嘛！你看，他們家是不是很美麗？」
「跟你家一樣美麗，只是你看不見。」
「我可以。」諦諦說，「我視力很棒，能看到教堂的鐘幾點幾分，爸爸就看不到。」
仙子突然生起氣來：「我說了你根本看不見！」
她愈來愈氣，好像看得清楚教堂的鐘幾點幾分很要緊似的。
當然，小男孩並沒有瞎。但因為他是個善良且值得幸福的孩子，仙子想教他如何看見萬物中的美善。這不是簡單的課題，因為她非常明白大多數的人從生到死，都不懂得享受圍繞在身邊的幸福。不過，身為法力無邊的仙子，她決定給諦諦一頂帽子，上面裝飾了一顆魔法鑽石，擁有能向他顯現真相的神奇特性，能夠幫助他看清「東西」內在的本質，從而教會他萬物皆有靈，都是獨特的存在。宇宙創造萬物來映襯人類的存在，也讓人類的生活更加愉悅。

仙子從身上的大包包裡拿出一頂綠色小帽子，有著白色的帽徽，中央別著一顆亮晶晶的大鑽石。諦諦興奮地不得了。仙子向他解釋怎麼使用：按一下鑽石，便能看見事物的靈魂；向右邊輕輕轉，便能明瞭過去；向左邊轉的話，便能預見未來。

諦諦開心地容光煥發，手舞足蹈，然後馬上擔心起自己會失去這頂帽子：

「爸爸會拿走它的！」他大喊。

「不會的。」仙子說，「只要你戴在頭上就沒人能看見它……你要戴戴看嗎？」

「要！要！」孩子們拍著小手大叫。

諦諦一戴上帽子，眼前的一切立刻發生神奇的變化。老老的仙子變成年輕貌美的公主，穿著一襲綴滿閃亮珠寶的絲綢；小屋的牆壁變得像珍貴的寶石般晶瑩剔透；簡陋的舊家具像大理石般散發光澤。孩子倆東跑西跑開心地拍手歡呼。

「噢好棒，好棒呀！」諦諦驚嘆。

至於天性愛美的小蜜諦，著魔似地站在公主華麗的衣裳前面。

但還有更多更棒的驚喜等著他們。仙子不是說過「東西」和「動物」都會活起來，跟人一樣說話動作嗎？張大眼睛看好了，爺爺的咕咕鐘門突然打開，安靜的房間裡充滿美妙的音樂，出現十二個打扮雅緻笑盈盈的玲瓏舞者，圍著孩子們旋轉跳躍。

「她們是你們生活中的十二時辰。」仙子說。

「我可以和他們一起跳舞嗎？」諦諦目不轉睛讚嘆地看著這些美麗的生靈，她們像鳥兒一樣輕巧掠過地面。

接著他冒出一陣爆笑。有個好笑的胖傢伙上氣不接下氣，渾身沾滿麵粉，掙扎地從模具裡起身向孩子們行禮。他是誰？原來是麵包！麵包本人趁著獲得自由打算到地面走走。他看起來像個矮矮胖胖滑稽的老紳士，臉頰因為麵團鼓鼓地，手臂粗粗胖胖，他想把一雙大手放在圓滾滾的大肚子上卻合不攏。他穿著一身麵包皮顏色的緊身西裝，胸口有條紋，就像我們早餐吃的奶油捲。他頭上戴著一個超大的圓麵包，想像一下，活像個裹頭巾的印度人。

他才剛連滾帶爬從模具裡掙脫，其餘跟他長得一模一樣只是比較矮小的麵包，也跟著爬出來歡樂地和時辰跳舞，完全不在意麵粉四處飛濺，將那些美麗的小姑娘壟罩在白色雲霧裡。

真是奇怪又迷人的舞會，孩子們好開心。十二時辰和麵包們跳起華爾滋，盤子們也來湊熱鬧，冒著掉下去會粉身碎骨的風險在櫥櫃頂跳上跳下。碗櫃裡的玻璃杯們叮叮噹噹互碰，為大家的健康快樂乾杯。叉子們和刀子們大聊特聊，嗓門大到人們都聽不見自己說話的聲音了。

要是再繼續喧鬧下去，天曉得會出什麼亂子，諦諦爸爸媽媽絕對會被吵醒。幸好，在大家鬧得最起勁的時候，一團巨大的火焰從煙囪竄出，頓時滿室通紅彷彿房子著了火。所有人嚇得落荒而逃縮進角落，諦諦跟蜜諦也嚇哭了，把頭藏到仙子的斗篷底下。

「別害怕。」她說，「這是火，他也來湊熱鬧。他人挺好，但你們最好別摸他，因為他脾氣烈。」

孩子倆從仙子鑲著蕾絲金邊的斗篷中不安地探頭張望，只見一個紅臉大漢正看著他們，笑他們膽小。他穿著腥紅色緊身衣和亮片，肩頭披著幾條絲巾，當他揮舞長長的手臂時看來就像搖曳的火苗。他頭上豎立著一綹綹直直的髮辮，彷彿在燃燒。他像瘋子一樣狂熱地揮舞手腳，繞著房間跳啊跳。

雖然沒那麼害怕了，諦諦還是不太敢離開斗篷的保護。碧露娜仙子有個妙點子：她拿出魔杖指向水龍頭，瞬間出現一個眼淚像清泉般流淌的年輕女孩。這是水。她很美，但看來非常悲傷。她的頭髮可能是水草，長長地垂到腳邊。她只穿了件睡袍，但身上川流不息的清水讓她彷彿披了一件波光粼粼的外衣。她起先有些遲疑，瞥了瞥四周。接著，她一看到火還在那像個冒失鬼轉圈圈，怒氣沖沖地衝過去，使出全力把他噴濕、濺濕、淋得溼答答。火也怒火中燒開始嗆煙。不過，當他意識到自己突然被老對手打敗，覺得還是先退到角落比較明智。水也停止了攻擊，一切似乎又回歸平靜。

孩子們總算從驚愕中恢復，問仙子接下來還會發生什麼事，只聽見瓷器破碎的聲音，他們嚇了一跳往桌子望去。真是出乎意料，牛奶罐躺在地板上摔得粉碎，一位迷人的小姐從碎片中現身，害怕地微微驚叫，十指緊扣，帶著求助的眼神抬起頭來。

諦諦連忙安慰她，因為他馬上認出她是牛奶。他可喜歡牛奶了，還給了她一個吻。

她就像擠奶工一樣清純美麗，雪白的連身裙佈滿奶油，散發乾草美味的香氣。

同時，蜜諦正盯著圓錐狀的糖塔看，它好像也要活過來了！裹著藍色包裝紙的糖塔就在門邊的架子上，只見他左搖右擺右搖左擺，卻毫無成果。好不容易，一條細長的胳膊伸了出來，接著是另一條胳膊和兩條不知道到底有多長的腿。你真該親眼瞧瞧糖的長相，真的好好笑，孩子們忍不住當他的面大笑起來。不過他們還是對他彬彬有禮，因為聽到仙子這樣介紹他：

「諦諦，這是糖的靈魂。他的口袋裡塞滿糖果，每根手指都是棒棒糖。」

認識這樣一個糖做的朋友多棒啊，隨心所欲就能吃到糖果。

「汪！汪！汪！早安！早安，我的小天神！終於，我們總算能說話了！不管我怎樣努力吠叫搖尾巴，你們總是聽不懂！我愛你們！我愛你們！」

這麼與眾不同的人還會是誰？他挨到每個人身邊，滿屋子都讓他鬧得歡樂起來。我們馬上就認出來了。他是諦洛，是竭力想理解人類的好狗狗，是陪伴孩子倆走進森林的乖巧寵物，是負責看門的忠心護衛，是人類堅定不移的朋友，永遠真摯，永遠忠誠。他邁開後腳走來，腿感覺有點短，前腳在空中揮來揮去，一副笨手笨腳的模樣。他一點都沒變：一樣穿著芥末色的光滑大衣，有顆討人喜歡的鬥牛犬大頭，黑鼻子黑嘴巴，但是高大多了，還會說話！他能講多快是多快，彷彿想抓緊這一時半刻替他的同類出氣，因為他們好幾世紀以來都注定不能說話。他啥都能講，畢竟現在他終於能表達自己的意思了。看他親吻他的小主人，稱呼他們「我的小天神」真是個美好的畫面。他一下子坐挺挺，一下子在屋裡蹦蹦跳，偶爾撞到家具，用他柔軟的大腳掌煩蜜諦，吐吐舌頭，搖搖尾巴，急噗噗又喘吁吁像在外面打獵一樣。他單純慷慨的天性馬上一覽無遺。他幻想在這個萬物有靈的新世界，就只有他不可或缺，他對自己的重要性深信不疑。

殷勤照拂孩子們之後，他開始一一向其他人致意，他覺得人人都很需要關注。既然現在自由了，他毫不保留地宣洩心中的喜悅，畢竟他是最有愛的動物。他也可能是最快樂的動物，要是他變成人之後，能有幸擺脫他的小狗弱點的話。他好愛吃醋，超級愛吃醋！當他看到換貓咪蒂蕾變成人，孩子們對她又摸又親，就跟剛才他的待遇一樣，他的心感到一陣酸楚。他討厭那隻貓！他得忍耐老在身邊看見她，看著她老是分走家中的寵愛，這就是命運逼他做出最大的犧牲。但，他二話不說接受，因為這讓他的小天神快樂，他決定豁出去不理她。話雖如此，他可是因為她背著良心幹了不少壞事。他曾經在某天晚上，偷偷溜進碧靈果太太家的廚房，就為了掐那隻從沒惹過他的老公貓。他也曾經揍扁對面人家大廳的波斯貓。有時他還去鎮上故意獵捕貓咪結束他們的貓生，就為了洩恨。現在，蒂蕾也能開口說話了，就跟他一樣！在他眼前展開的新世界裡，蒂蕾會跟他享有同樣的地位。

「這世界哪有公平！」他痛苦地想，「一點公平都沒有！」

此時，貓先是舔舔身子，磨磨爪子，然後泰然自若地向小女孩伸出一隻手。

她真是一隻漂亮的貓。要不是諦洛心底的嫉妒這麼醜陋，我們幾乎不會留意到貓有多美。你怎麼可能抵擋諦蕾雙眸的魅力，它們就像翡翠裡鑲了黃寶石；你怎麼可能拒絕撫摸她的樂趣，她的背像是絕美的黑天鵝絨。你怎麼可能不愛上她的優雅、她的溫柔，和她那高貴的姿態？

她嬌笑著挑選恰當的字眼對蜜諦說：「早安呀，小姐！您今天氣色真好。」孩子們寶貝地拍拍她。

諦洛在房間另一端，緊緊盯著貓。

「她現在跟人一樣用後腳站立了。」他嘟噥著，「她看起來就像惡魔，你看那尖耳朵，長尾巴，還有墨汁一般黑的衣服！」他忍不住齜牙咆哮。「她看起來也像村裡掃煙囪的！」他繼續說，「我厭惡她、瞧不起她，不管我的小天神怎麼說，我永遠不會把她當真正的人看。」他嘆口氣補充，「幸好，我比他們知道更多貓的底細。」

突然，他控制不住自己往貓飛撲過去，發出更像狂吠的狂笑：「我要好好嚇嚇諦蕾！諦洛汪！」

即使還是動物的時候，貓便很有威嚴，此時更覺得上天賦予她崇高的使命。是時候該和狗畫清界線了，在她眼中狗向來只是個沒教養的傢伙。她輕蔑地退後，張口說，「先生，我不認識你。」

諦洛遭到羞辱做出反擊，於是貓聳起毛，抖了抖粉紅色鼻頭底下的鬍鬚（她以鼻頭旁那兩塊淺色的地方為傲，替她黑漆漆的美貌增添了特殊的風情）。她拱起背，豎起尾巴，發出「噺噺」聲，站在五斗櫃上一動也不動，活像中式陶瓷花瓶蓋子上蟠踞的神龍。

蒂蒂和蜜蒂邊笑邊叫。此時，要不是發生了一件大事，這場大戰的後果肯定很糟。子夜十一點，值此冬夜的夜半之際，一道光芒猛然射進小屋，彷彿正午的陽光般燦爛奪目。

「唉呀，天亮了！」小男孩不知道該怎麼解釋眼前的事，「爸爸看到會說什麼呢？」

不過，在仙子有機會向他說清楚真相之前，蒂蒂自己懂了，他不可思議地跪下，臣服於眼前讓他著魔的景象。

窗邊，一道陽光形成的巨大光環中央，緩緩顯現出一個用可愛也不足以形容的少女，宛如一束高高的金色稻稈。她身上罩著璀璨的薄紗，但絲毫掩蓋不了她的美貌。她慷慨地伸出袒露的雙臂，看上去幾近透明；她明亮的眼神像是含情脈脈的擁抱，裹住觸目所及的一切。

「是女王！」蒂蒂說。

「是仙子公主！」跪在哥哥身旁的蜜蒂大聲說。

「不，孩子們，她是光。」仙子說。

光微笑走向孩子倆，她是天堂之光，也是地球的力與美。雖然這次她被託付的任務不那麼偉大，她依然很自豪。她向來無拘無束，存在於虛空中，將她的光芒大方平等地賜予萬物。這次她同意被簡單的咒語束縛，化為人形，是為了引領孩子們走入世界，教導他們感受另一種光芒——心靈之光。這種光芒我們從未親眼所見，但它幫助我們看清萬事萬物的本來面目。

「是光！」東西和動物們歡呼，圍著她開心叫喊跳起舞來，因為大家都喜愛光明。

諦諦和蜜諦欣喜雀躍，他們從沒見過如此好玩美妙的宴會，叫得比誰都還興奮。接著遲早會發生的事來了。忽然間，隔壁傳來三下捶牆聲，聲音大得房子都要震塌了。是諦諦爸爸，他被歡鬧聲吵醒，正威嚇要過來制止他們。

「快轉動鑽石！」仙子向諦諦喊。

我們的小英雄連忙遵命，但他還沒抓到要領，加上一想到爸爸要過來了手就發抖。他笨拙地差點弄壞帽子。

「慢點，慢點！」仙子說，「好孩子，你轉得太急了，他們會來不及回復原狀，我們就麻煩大了。」

大家驚慌奔逃。屋內牆壁頓時失去光彩；所有人四面八方逃竄，忙著恢復原形。火找不到煙囪；水到處找水龍頭；糖站在撕碎的包裝紙前哀喊；比其他兄弟塊頭更大的麵包，擠不進去他的模具，其他麵包老早亂七八糟地跳進去佔滿了位置。狗的身體變得太長回不去狗窩；貓也鑽不進原本的籃子。唯有時辰們一點也沒耽擱地溜回時鐘裡，因為她們早就習慣跑得比人類期望得要快。

光紋風不動、從容不迫地站在那兒，想為其他人示範冷靜沉著的樣子，但也沒用，大家圍著仙子哭哭啼啼：

「接下來會怎樣？」他們問，「我們會有危險嗎？」

仙子說，「好，我就跟你們說真話吧。凡是陪這兩個孩子上路的，旅程結束就會失去生命。」

他們開始嚎啕大哭，除了狗以外，他很高興能夠維持人形愈久愈好，老早就站到光的身邊，確保自己能走在小主人前面探路。

就在此時，又傳來一陣更嚇人的捶牆聲。

「又是爸爸！」諦諦說，「他已經起床了，我能聽見他的腳步聲……。」

仙子說，「知道了吧，你們沒有選擇的餘地。不能再拖時間了，大家必須一起出發。不過，火，你可別靠近其他人；水，別流得到處都是；糖，你別哭了，除非你想溶化；麵包你提著裝青鳥的籠子；你們全都先來我家，讓我幫東西和動物換身得體的衣服……我們走這兒！」

她邊說邊用魔杖指向窗戶，窗戶神奇地往下拉長，變成一扇門。他們躡手躡腳地走出去後，窗戶又變回原狀。事情就是這樣：在這個聖誕夜，在皎潔的月光中，當宣告耶穌誕生的鐘聲歡快地響起，諦諦和蜜諦啟程尋找能為他們帶來幸福的青鳥。

第二章　仙子的宮殿

通往月亮的路上有一座高山，山頂坐落著碧露娜仙子的宮殿。宮殿離月亮好近，近得在天清氣朗的夏夜，從宮殿露台就能清楚看見月亮上的山谷湖海。仙子在這裡研讀星辰的祕密，因為地球已經很久不再有新事物能讓她學習了。

「我對這顆古老的星球再也沒興趣了！」她以前常對朋友高山巨人這麼說，「地球上的人老是閉上雙眼過活。真可憐，我好同情！偶爾我會下到人間，出於慈悲想拯救小孩子，讓他們躲過蟄伏在黑暗裡致命的厄運。」

這也解釋了為什麼，她會在聖誕夜來到諦爾家敲門。

目光回到一行人身上。他們還沒走到大路呢，仙子便想到他們不能這樣穿過村莊，家家戶戶都還因為聖誕大餐燈火通明。不過，神通廣大的仙子一許願就能立刻顯化成真。於是她輕輕按著諦諦的頭，發出心念讓大夥能夠隨魔法前往她的宮殿。說時遲，那時快，一群螢火蟲如雲朵般團團圍住這群小夥伴，輕柔地將他們托向天空。還沒從驚訝裡回神，他們便抵達了仙子的宮殿。

「跟我來。」她帶著他們走過處處鑲金嵌銀的廳堂和迴廊。

他們停在一個四面都是鏡子的大房間，屋內有座巨大的衣櫥，縫隙裡隱隱透出光亮。碧露娜仙子從口袋拿出一把鑽石鑰匙打開衣櫥。每個人都驚嘆了一聲，看見一堆疊滿一堆的珍寶：綴滿寶石的斗篷、形形色色的異國服裝、珍珠冠冕、翡翠項鍊、紅寶石手環……，孩子們從未目睹如此奢華的景象。至於那些「東西」，他們一個個目瞪口呆；這也很正常，想想這是他們初次見到世界，更何況還是以這麼離奇的方式。

仙子幫大家換裝打扮。火、糖和貓的選擇顯出各自的品味。火，獨鍾紅色，馬上挑了件燦爛耀眼的紅衣裳，還綴滿金色亮片。他沒戴任何東西，因為他的頭老是火燙。糖，受不了白和淡藍以外的顏色，太張揚的色彩會讓他甜美的天性不舒服。他選了件藍白色長袍和一頂尖帽子，活像個滅燭器，戴在他頭上看來非常滑稽，但他憨傻到沒發現，還在鏡子前像陀螺不停轉來轉去欣賞自己，真是傻人有傻福。

貓，舉止向來淑女並且穿慣了暗沉的服裝，表示過無論任何場合黑色永遠最好看，更別說是現在了，他們一行人踏上旅途連行李都沒帶。於是，她穿上一套繡了黑玉的緊身衣，肩上垂著一條天鵝絨長披風。她伶俐的小腦袋上，端著一頂寬大的劍客帽，邊緣有著長長的羽毛。接著她要來一雙柔軟的童靴，以紀念她赫赫有名的祖先長靴貓。前掌則戴上一雙手套，免得路上的塵土傷了手。

著裝完，她對著鏡子滿意地瞅了一眼。接著，她有些緊張，帶著不安的眼神和微微顫動的粉紅鼻頭，急忙邀請糖和火跟她一起到外頭透氣。他們三人趁其他人還在打扮時走了出去。讓我們先跟著他們，因為我們已經喜歡上勇敢的小諦諦，想聽到任何可能幫助或妨礙他任務的事情。

優美如畫的穿廊彷彿懸在天空裡的陽台，穿越好幾道走廊後，這三個狐群狗黨在大廳止步。貓馬上壓低嗓門主持會議，「我帶你們來這兒，是要討論我們的處境。我們要充分利用最後的自由時間……。」

「唔！汪！汪！」一陣狂吠打斷了她。

「瞧！」貓大喊，「那隻蠢狗來了！他嗅到我們離開。真是一分鐘都不得安寧。我們躲在欄杆後面吧，他最好沒聽見我跟你們說的話。」

「太遲了。」站在門邊的糖說。

沒錯，衝進來的正是諦洛，他蹦蹦跳跳，吠吠嚷嚷，喘吁吁又樂陶陶。

貓一見他，連忙厭惡地轉身，「他穿的制服是灰姑娘某位車夫的吧……是跟他蠻配，他骨子裡就是個奴才。」

她用「嘶！嘶！」作為句點，抖抖鬍鬚，倨傲地站到糖和火的中間。乖狗兒沒看見貓的小心機，他渾然沉醉在穿上華麗衣裳的喜悅裡，不停轉圈圈飛舞。這畫面真的很好笑，他一轉圈，天鵝絨大衣就像旋轉木馬一樣飛起，下擺三不五時飄開，秀出他那截短短的粗尾巴。小短尾能露面的時間很短暫，所以搖得更加活潑賣力。我得告訴各位，諦洛就像每隻血統優良的鬥牛犬，小時候尾巴和耳朵就被剪短了。

可憐的傢伙，他從很久以前就非常羨慕其他狗兄弟，他們的尾巴能表達更豐富廣泛的詞彙。不過，身體缺陷和命運多舛能砥礪內心深處的品性。因為缺乏能夠靠外在條件表達自我的方法，諦洛的靈魂只能在沉默中滋長，而他總是洋溢情感的眼神，也變得富含千言萬語。

現在，他大大的黑眼睛閃爍著喜悅，他一下子變人類了！還穿上華麗的衣服，準備陪兩個小天神去周遊世界，執行偉大的任務。

「你看看，」他說，「你看看，我這身有多棒！看看這蕾絲和繡花……是真的黃金耶，錯不了。」

他沒察覺其他人都在笑他，老實說，他看起來的確很滑稽，但就像所有單純的生物，他沒什麼幽默感。他以天生的褐色皮毛自豪，所以大衣底下沒穿背心，這樣大家就能一眼看出他的來歷。同樣道理，他仍然戴著項圈，上面有他的住址。紅色天鵝絨大衣長過他的膝蓋，繡上一重重蕾絲金邊，兩邊各有一個大口袋。他心想，這能讓他多帶一些糧食補給，畢竟他食量非常大。他左耳戴了一頂有根魚鷹羽毛的小圓帽，用鬆緊帶繫在方方的大頭上，把他胖嘟嘟的臉頰肉勒成兩半。他另一隻耳朵露在外面，修剪過的耳朵貼著頭，形狀像一只裝螺絲的小紙袋。這隻耳朵是一個警覺的接收器，容納周遭一切動靜，好比小石子的聲音就會驚動它。

他的後腳套進一雙漆皮馬靴，頂端是白色的，但他覺得前掌實在太常用了，所以怎樣都不肯戴手套。諦洛個性太隨興了，很難在一天內改變他的小習慣。儘管他才新添了幾分榮譽感，還是會讓自己做出不得體的事。像現在他就躺在大廳的台階上，搔搔地面，嗅嗅牆壁。忽然，他開始哀號嗚咽，下唇緊張地顫抖，彷彿快要哭出來。

「這個蠢貨又怎麼啦？」貓問，她一直在角落冷眼觀察狗。

她馬上就明白了。遠處傳來甜美的歌聲，而諦洛最受不了音樂。歌聲愈來愈近，在高聳的拱廊投下的暗影中，迴盪著少女充滿活力的嗓音，是水來了。她高䠷苗條，白皙如珍珠，比起走路更像是飄然而至。她的動作輕柔優雅，讓你懷疑看到的是不是幻影。美麗的銀色洋裝在她身上漂浮流動，裝飾了珊瑚的長髮流洩過她的膝蓋。

一看到她，粗魯壞心的火便冷笑：「怎麼沒帶她的傘？」

但機智的水姑娘心知火不是她的對手，瞥了一眼火發亮的鼻子，愉快地故意惹惱他，「不好意思你說什麼？我還以為你在說我幾天前看見的大紅鼻子呢！」

其他人大笑，開始取笑火，他的臉頰一直都像火燙的煤炭。他氣得往天花板跳，想等之後再報仇。此時，貓小心翼翼地走向水，大力努力地稱讚她的洋裝。不用我多說你也知道，貓沒有半句話是真的，但她希望能跟每個人保持友好，以便得到他們的一票實踐她的計畫。她暗自焦急怎麼沒看到麵包，因為她想等大家到齊再開口。

「他在搞什麼？」她一次次喵喵地問。

「他在沒完沒了地瞎忙選衣服。」狗說，「他最後決定穿一件土耳其長袍，配一把短彎刀和頭巾。」

他話還沒說完，一個奇形怪狀、荒謬可笑，裹上彩虹所有顏色的大塊頭現身，堵住大廳狹窄的門。麵包先生龐大的肚子擋在整個門口，不知道為什麼他一直撞到。他本來就不太聰明，也還沒習慣在人類屋子裡走動。最後，他總算想到可以彎腰，他擠過走廊，好不容易進到大廳。

這當然不是成功的進場，但他還是很滿意。

「我來啦！」他說，「我來啦！我穿了藍鬍子公爵最好的衣服……你們覺得怎麼樣？」

狗開心圍著他跳，覺得麵包看起來尊貴的不得了。那件黃色天鵝絨長袍上佈滿銀色的新月，讓諦洛想到他最愛的美味馬蹄形麵包；而麵包頭上那一大坨俗麗的頭巾，看起來超像杯子蛋糕。

「他看起來好棒！」他大喊，「他看起來好棒！」

牛奶害羞地跟在麵包後面。她很單純，比起仙子建議她穿的各種華服，她寧可選擇奶油色的洋裝。她真是謙遜的楷模。

當麵包正要聊起諦諦、光和蜜諦的穿著，貓用權威的語氣打斷他：

「我們很快就會看到他們了。」她說，「別閒扯了，聽我說，時間緊迫，我們的未來危在旦夕……。」

他們困惑不解地看著她。他們知道這是個肅穆的時刻，但對他們來說人類的語言還是很神祕。糖侷促不安地扭動長長的手指；麵包輕輕拍著大肚腩；水躺在地板上，似乎陷入深深的自暴自棄；牛奶只顧盯著麵包看，好久好久以來他一直是她的朋友。

貓開始有點不耐煩，繼續講下去：

「仙子剛剛說了，等旅程一結束，我們的生命也就結束了。因此，我們最要緊的就是想盡辦法、用盡全力拖延時間，愈久愈好。」

麵包害怕一旦失去人形就會被吃掉，連忙表示贊同；但站得稍遠的狗，表面上假裝沒聽見，心底卻忿忿不平地咆哮，他太清楚貓想幹嘛了。「我們必須不計代價拖延旅程，阻止他們找到青鳥，就算會危及孩子們的生命也不管。」當諦蕾一說完，只憑良心做事的好狗兒就撲上去咬貓。糖，麵包和火趕緊擋在兩人中間：

「秩序！秩序！」麵包自以為是地說，「我是會議主席。」

「誰讓你當主席了？」火發飆。

「誰准你插手了？」水質問，將溼漉漉的頭髮甩向火。

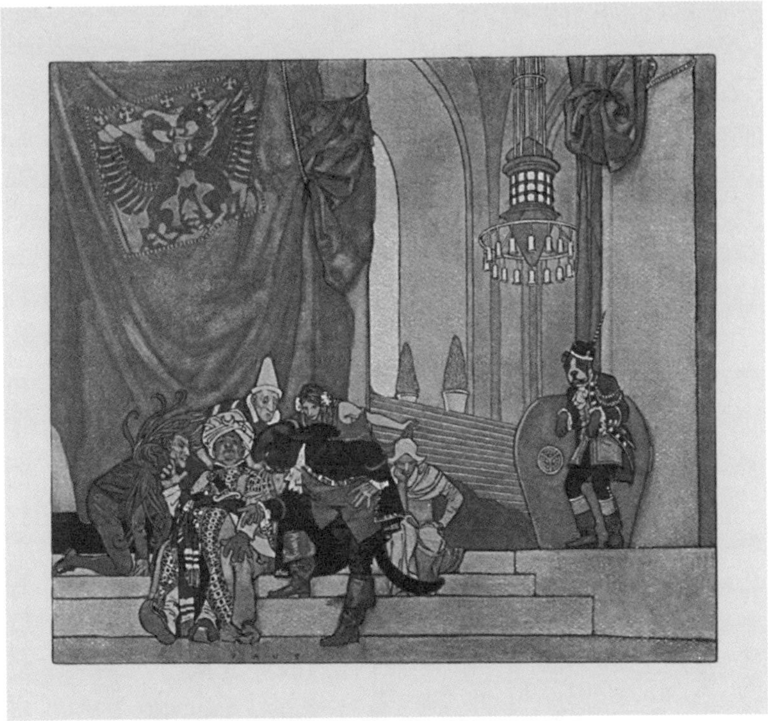

他們困惑不解地看著她。他們知道這是個肅穆的時刻。

「不好意思，」糖用息事寧人的口氣渾身發抖地說，「各位……現在是緊要關頭……讓我們和和氣氣商量吧。」

「我贊同糖跟貓的意見。」麵包說，好像整件事他說了算。

「太不像話了！」狗齜牙咧嘴吼叫，「人類就是唯一！我們必須順從人類，照他們說的做，除了人類我誰都不認！人類萬歲，萬萬歲！我對人類生死不渝！人類就是一切！」

貓尖銳的嗓音蓋過了其他人，她對人類充滿怨恨，想利用趁咒語短暫變成人形的時機，為她的同類報仇。

「在場的各位，」她疾呼，「無論是動物、東西或元素，我們都擁有人類還無法明白的靈魂，這也是為什麼我們還能保有一點點獨立自主。不過，如果人類找到青鳥，他們便什麼都明白、什麼都理解了，到時我們只好完全任人擺布。大家要記得過去我們在這片大地上悠哉遨遊的時光啊！」她突然臉色一變，壓低音量悄聲說，「小心！我聽見仙子和光來了。不用我說大家也知道，光早就站在人那邊支持人類，她是我們最大的敵人……要當心啊！」

我們這些朋友從沒演練過騙人的把戲，覺得自己好像做錯了事，樣子變得滑稽可笑又忐忑不安。他們實在太奇怪了，仙子一走到門邊就大喝：

「你們在角落做什麼？看上去就像一群密謀叛變的小人。」

眾人以為仙子猜到他們居心不良，嚇得跪倒在仙子跟前。他們很幸運，仙子根本沒注意到他們的小腦袋飄過什麼念頭，她是來跟孩子們說明第一階段的旅程，也告訴其他人應該做的事。諦諦和蜜諦手牽手站在仙子面前，他們穿上高貴的衣裳，看起來有點害怕也有點彆扭，用小孩子欣羨的目光打量彼此。

小女孩穿了一件黃色絲質連身裙，上面繡著粉紅色花束，還綴滿金色亮片。頭上戴了頂可愛的橘色天鵝絨帽子，手臂上披了條上過漿的綿紗披肩。諦諦穿著紅色夾克和藍色燈籠褲，都是天鵝絨材質，頭上當然戴著那頂奇妙的小帽子。

仙子對他們說：「青鳥有可能藏在你們爺爺奶奶家，就在思念之境，你們就先去那裡吧。」

「可是他們已經死了，我們怎麼看得見他們呢？」諦諦問。

好心的仙子解釋，只要孫子持續想念爺爺奶奶，他們就不會真的死去。

「人類不曉得這個祕密。」她又說，「但多虧了鑽石，諦諦，你會見到我們記憶中逝世的人，依然像生前那樣幸福生活著。」

「你會跟我們一起去嗎？」小男孩轉頭問光，站在門口的她照亮了整個大廳。

「不會。」仙子說，「光不能回望過去，她的能量得貢獻給未來。」

孩子倆正準備出發，突然覺得肚子好餓。仙子馬上吩咐麵包給他們一點吃的。這個胖嘟嘟的大塊頭很開心獲得重要的任務，解開長袍的扣子，抽出彎刀從肚子切下兩片

這個胖嘟嘟的大塊頭很開心獲得重要的任務，
解開長袍的扣子，抽出彎刀從肚子切下兩片麵包。

麵包。孩子們大笑出聲，諦洛也暫時拋下憂鬱的念頭，過來討麵包吃。大家唱起送別的歌。向來只想到自己的糖，也想讓大夥留下好印象，於是掰斷自己兩根手指遞給驚訝的孩子倆。

當其他人一起走向門口時，碧露娜仙子叫住大家。

「今天不行。」她說，「孩子們必須獨自前往。他們要和已故的親人共度夜晚，你們陪同不太恰當。好了，出發吧！再見了，孩子們，記得要按時回來，這一點極為重要！」

孩子倆提著大籠子，手牽手走出了大廳。仙子一聲令下，一行人在她面前排成一列準備返回宮殿。諦洛是唯一被叫到名字不回應的人。早在聽到仙子說孩子們必須自己去的時候，他就決定無論如何都要跟去照顧他們。當大家道別的時候，他早就躲在門後。但可憐的小傢伙，沒算到仙子有全知全能的視角。

「諦洛！」她大喊，「諦洛！過來！」

可憐的狗兒長久以來都習慣聽從命令，根本不敢違抗地走了過去。他把尾巴夾在兩腿間回到了隊伍中，看著小主人的身影隱沒在宏偉的金色階梯上，發出絕望的哀號。

糖也想讓大夥留下好印象，
於是掰斷自己兩根手指遞給驚訝的孩子倆。

第三章　思念之境

碧露娜仙子告訴孩子們思念之境並不遠，但必須先經過森林才能抵達。這座森林總是籠罩在濃霧中，樹木古老茂密到根本看不見樹梢。要是仙子沒有事先告訴他們：「只有一條路，直直往前走。」孩子們肯定會迷路。

地上彷彿鋪了一張花毯。這裡的花長得很像，全是雪白的三色堇，非常美麗，但由於終年不見陽光所以沒有香氣。

孩子們感到非常寂寞，這些小花讓他們心情好了點。神祕的寂靜包圍住他們，他們微微顫抖，帶著一種愉悅的恐懼感，這是他們從未經歷過的感受。

「我們帶一束花給奶奶吧。」蜜諦說。

「好主意！她一定會很高興。」諦諦大聲說。

他們邊走邊摘，手中集滿一束美麗的白花。可愛的小傢伙們並不曉得，三色堇代表著思念，他們每摘一朵，就離爺爺奶奶更近一步。沒多久，他們眼前出現一棵高大的橡樹，上面釘著一塊告示牌。

「我們到了！」男孩發出勝利的吶喊，然後爬上樹根一看，牌子上寫著：「思念之境」。

他們確實到了，可是環顧四周什麼都沒瞧見。

「我什麼都沒看到！」蜜蒂抱怨地啜泣，「我好冷，好累！我不想再走了。」

全神貫注投入任務的蒂蒂，不禁有些生氣：「好了，別再跟水一樣一直哭了！你這樣很丟臉。」他說，「你看，你看！那邊！霧散開了。」

眼前的霧慢慢消散，像有一隻隱形的手掀開了層層薄紗。巨木的身影褪去，原來的一切緩緩消失，他們面前反倒出現了一間漂亮的農家小屋，外牆爬滿藤蔓，佇立在開滿鮮花而且果樹結實纍纍的美麗花園中。

孩子們立刻認出果園裡心愛的母牛、看門的狗狗，還有柳條鳥籠裡的黑鳥。所有事物都浸潤在微光及溫煦宜人的空氣裡。

蒂蒂和蜜蒂驚詫地站著。這就是思念之境？天氣多迷人啊！住在這裡感覺真棒！他們馬上決定既然現在知道路了，以後要常常回來。當最後一層薄紗消失，他們看見幾步之外的地方，爺爺奶奶坐在長椅上睡得正香。他們開心極了！歡欣鼓舞拍手大喊：「是

原來的一切緩緩消失，
他們面前反倒出現了一間漂亮的農家小屋，

爺爺奶奶！找到了！找到了！」

因為這一切太魔幻了，他們有點害怕，不敢從樹後面走出來，就站在那兒望著爺爺奶奶，看著他們輕輕緩緩地醒來。他們聽見諦諦奶奶語帶顫抖說：

「我突然有個念頭，我們活在世上的孫子今天會來看我們。」

老諦爾回答：「他們肯定在想念我們，我也覺得不太對勁，兩條腿都像有針在刺。」

「我想他們一定就在附近。」奶奶說，「我眼裡已經轉著高興的淚水。」

奶奶還沒來得及說完，孩子們便奔向她的懷抱。多快樂啊！多瘋狂的親親和抱抱！多美妙的驚喜！這種幸福的感覺溢於言表。他們笑得話都說不出口，一直欣喜地你看我、我看你。能像這樣重逢真是奇妙無比又出乎意料。等最初的興奮過後，他們同時搶著說話：

「諦諦，你長得這麼高這麼壯啦！」奶奶說。

爺爺也說，「看看我們蜜諦，頭髮多好看，眼睛多漂亮！」

孩子倆手舞足蹈，輪流撲往爺爺奶奶懷裡。

好不容易，他們才稍稍平靜下來。蜜諦窩在爺爺胸口，諦諦棲在奶奶膝頭，他們聊起了家裡的事。

「你們爸爸媽媽都好嗎？」奶奶問。

「都很好，奶奶。」諦諦說，「我們出門的時候他們睡得很熟。」

奶奶又親了親他們說，「唉喲，瞧他倆多乾淨多漂亮多好啊。你們為什麼不能更常來看我們呢？你們已經遺忘我們好多好多個月了，我們誰也見不到。」

「我們沒辦法來呀，奶奶。」諦諦說，「今天也是因為仙子幫我們⋯⋯。」

「我們一直待在這裡，盼望活著的人來拜訪。」奶奶說，「上次你們來是萬聖節的時候了。」

「萬聖節？我們那天沒有出門啊，因為我們都感冒了。」

「你們有想念我們啊。每當你們想起我們，我們就能醒來再見到你們。」

諦諦記得仙子說過這件事，但當時他不相信。可現在，他的頭就靠在無比思念的奶奶胸前，他開始明白了某些事，他覺得爺爺奶奶從來沒有真正離開過他。

他問：「所以你們不是真的死掉嗎？」

老夫妻聽了大笑。當他們在人世的生命，交換成為另一種更棒更美好的生命，他們早就忘了「死掉」這個字眼。

「『死掉』是什麼意思？」老諦爾問。

「就是一個人不再活著啊！」諦諦說。

爺爺奶奶聳聳肩，淡淡地說：「活著的人講到逝者的時候，是多麼愚昧啊！」

接著他們又聊起種種往事，十分慶幸此刻能和孫子們聊天。

所有老人家都愛話從前，畢竟對他們來說，未來已經不會來了，所以他們從現在和過去當中獲得樂趣。我們跟蒂蒂一樣漸漸坐不住了，暫時別再聽他們說下去，跟著我們的小朋友行動吧。

他已經從奶奶腿上跳下來，在每個角落東戳戳西看看，高興地發現各式各樣他認得跟記得的東西。

「什麼都沒變，所有東西都在老地方！」他大喊。他好久沒來爺爺奶奶家，每樣東西看起來都更棒、更打動他了。他又用一種很懂的口氣說，「但是每樣東西都更漂亮了！唉呀，那個時鐘分針的尖被我折斷了，還有那個門上的洞是我弄的，因為那天我找到爺爺的鑽頭……。」

「是啊，你那時候搞了不少破壞。」爺爺說，「還有那棵每次趁我不注意，你最愛爬的李子樹……。」

聊天當中，蒂蒂並沒有忘記任務：

「我想，你們不會剛好有青鳥吧？」

同一時刻，蜜蒂抬頭看見一個籠子：

「唉呀，是老黑鳥耶，牠還會唱歌嗎？」

她話音一落，黑鳥便醒了過來，盡情大聲歌唱。

蒂蒂吃驚地看著眼前的景象：

「牠是藍色的！」他大喊，「天啊，就是這隻鳥，青鳥！牠是藍色的，藍色的，跟彈珠一樣藍。可以送給我嗎？」

爺爺奶奶開心應允。覺得大獲全勝的諦諦跑去拿放在樹旁的籠子，小心翼翼捧著珍貴的青鳥，鳥兒開始在新家跳來跳去。

「仙子不知道會有多高興！光也是！」男孩說，慶幸自己完成了任務。

「來吧。」爺爺奶奶說，「過來看看母牛跟蜜蜂。」

這對老夫妻蹣跚走到花園另一頭時，孩子們突然問起過世的弟弟妹妹是否也在這裡。同一瞬間，七個原本在屋裡沉睡的小小孩突然醒了，激動地衝進花園。諦諦和蜜諦跑向他們，大家擠成一團彼此擁抱，跳舞，轉圈圈，興奮尖叫。

「都在，他們都在這兒。」奶奶說，「只要你一提起他們，他們就會出現，這群淘氣鬼。」

諦諦揪住一個小小孩的頭髮：

「嗨，皮耶侯！我們跟以前一樣打一架吧！還有侯貝！尚，你的上衣怎麼啦？瑪德蓮、皮耶赫特和寶琳！還有熙格特！」

蜜諦大笑：「熙格特在地上爬耶，她還是不會走路。」

諦諦注意到有隻小狗在他身邊諦洛叫。

「是奇奇！我用寶琳的剪刀剪牠尾巴……牠也沒變。」

「對啊。」老諦爾語重心長地說，「這裡一切都不會有變化。」

在歡樂之中，爺爺奶奶突然像中了咒語般定住，因為他們聽見屋裡的時鐘小聲地敲了八下。

「怎麼會？」他們問，「這個時鐘如今不會響了啊……。」

「那是因為我們再也不用想到時間了。」奶奶說，「剛剛有誰想到時間嗎？」

「是我。」諦諦說，「所以已經八點了嗎？那我得走了，我們答應光要在九點之前回去……。」

他要去拿籠子，但其他人太開心了，不想讓他們那麼早離開，這樣就說再見實在太過分了！奶奶有個好辦法：她知道諦諦是個小貪吃鬼。正好是晚餐時間，幸運的話，還有一些超棒的高麗菜湯和美味的李子塔。

「好吧。」我們的小英雄說，「反正已經找到青鳥了……而且高麗菜湯可不是天天都有。」

大家急忙把桌子抬到戶外，鋪上白色桌巾，挨個兒放好盤子。然後，奶奶隆重地端出一盅熱騰騰的湯。燈光點亮了，爺爺奶奶和孫子們坐下來共進晚餐。大家彼此推來擠去，愉快地說說笑笑。接著好一陣子，除了木勺大聲敲擊湯盤的聲音，聽不到其餘聲響。

「好好喝！好好喝喔！」狼吞虎嚥的諦諦大喊，「我還想喝，還要！還要！還要！」
「好了，好了，小聲點。」爺爺說，「你跟以前一樣沒大沒小，你這樣會打破盤子……。」

諦諦才不管爺爺的話，站上椅子，抓住湯盅拖了過來，結果打翻了。熱湯灑得滿桌都是，還滴到大家腿上。孩子們痛得哇哇叫。奶奶嚇壞了，爺爺氣極了，賞給諦諦一個重重的耳光。

諦諦一下子有些踉蹌，接著他捂著臉欣喜若狂地高喊：

「爺爺！真好，我好開心！跟你活著的時候常常打我的巴掌一樣耶！我真該親你一下！」

大家都笑了。

「如果你喜歡，還有更多可以給你。」爺爺氣沖沖地說。

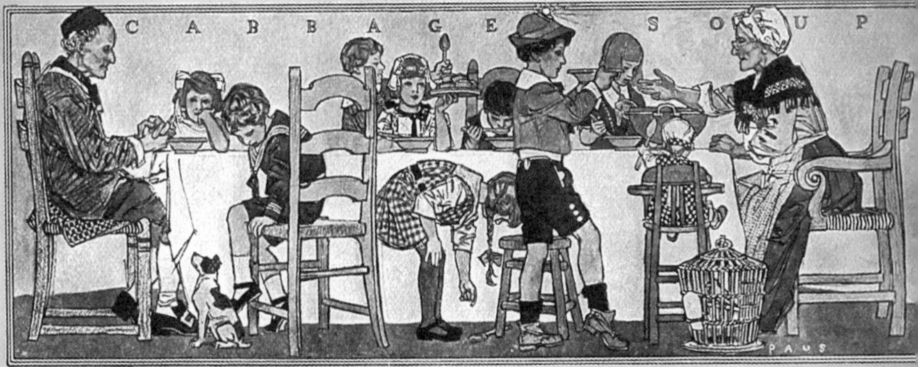

爺爺奶奶和孫子們坐下來共進晚餐。

其實他也一樣感動，轉過頭默默抹去眼裡的一滴淚。

「老天！」諦諦大喊著站起來，「已經八點半了！蜜諦，我們時間快不夠了！」

奶奶懇求他們再多待幾分鐘也沒有用。

「不行，沒辦法。」諦諦堅決地說，「我答應光了！」

他連忙提起珍貴的籠子。

「爺爺再見！奶奶再見！弟弟妹妹們，皮耶侯、侯貝、寶琳、瑪德蓮、熙格特，再見了！還有你奇奇……我們不能留下來……奶奶不要哭，我們會常回來！」

可憐的老爺爺很懊惱，拼命抱怨：

「我的老天爺啊，活著的人有夠累，總是這樣大驚小怪匆匆忙忙。」

諦諦安慰爺爺，再次保證會常回來看大家。

「天天都要來啊。」奶奶說，「這是我們唯一的樂趣了。當你們想起我們來拜訪，就是厚待我們了。」

「再見！再見！」弟弟妹妹們齊聲說，「快點回來！記得帶些大麥糖給我們！」

大家彼此親吻，揮舞手帕，大喊最後一聲再見。他們的身影慢慢消失，聲音也漸漸遠得聽不清了。薄霧再度包圍孩子倆，古老的森林用陰暗的濃蔭籠罩他們。

「我好害怕！」蜜諦啜泣，「哥哥，可以牽我嗎？我好害怕！」

諦諦也在發抖，但他有義務要好好照顧安慰妹妹。

「噓，別哭了。」他說，「想想我們帶了青鳥回來！」

他說話之際，一道微光劃破了黑暗。小男孩手裡緊緊握著籠子，連忙往光跑去，第一件事就是查看青鳥……嗚呼，沒想到盼來的是失望。思念之境美麗的青鳥竟然變成黑的了！不管諦諦如何用力瞪大眼睛看，鳥還是黑色的。噢，這隻以前待在門邊、總是在柳條鳥籠裡歌唱的老黑鳥，諦諦太熟悉了。到底怎麼了？好心痛啊！此刻對諦諦來說太殘酷了。

他出發的時候滿腔熱忱欣喜，絲毫沒有想過艱難險阻。他帶著滿滿的信心、膽量跟善良啟程，相信自己一定能找到青鳥，為仙子的小女兒帶來幸福。如今希望全都破滅了！可憐的諦諦第一次意識到等在面前的試煉、苦惱和阻礙。唉，他試圖去做的是一件不可能的事嗎？仙子在和他開玩笑嗎？他真能找到青鳥嗎？他的勇氣似乎不見了……。更倒楣的是，他找不到來時那條筆直的路。地上一朵雪白的三色堇都沒有。他哭了起來。

幸好，我們的小朋友不會身陷困境太久，仙子答應過會讓光守護他們。第一關試煉結束了，如同不久前在爺爺奶奶家屋外一樣，迷霧突然散開。不過，眼前出現的不是剛才舒適溫馨又平靜的景象，而是一座不可思議的宮殿，流瀉炫目的光輝。

光穿著一襲鑽石色洋裝，美麗端莊地站在門口。她微笑聽著諦諦述說他的第一個挫敗。她明白孩子們正在追尋什麼，她洞悉一切。光用愛環抱所有平凡的生命，但從來沒有一個生命能喜愛她到願意全然敞開接納，並因此領悟真理的祕密。現在，有史以來第一次，多虧了仙子給男孩的鑽石，她要嘗試啟迪一個人類的靈魂。

「別難過了。」她對孩子們說，「你們能看到爺爺奶奶，難道不高興嗎？一天當中能有這樣的幸福，還不夠嗎？能讓老黑鳥復活，難道不開心嗎？聽聽牠的歌聲。」

老黑鳥在籠子裡跳來跳去，竭盡心力唱著歌，黃色的小眼睛閃爍著喜悅。

「親愛的孩子，在尋找青鳥的同時，你們也要學會去愛護這一路上找到的灰黑色鳥兒。」

她肅穆地點了點頭。顯然她知道青鳥在哪裡，但人生常常充滿美妙的奧祕，我們得尊重這些祕密，不然會毀了它們。而且，如果光直接告訴孩子們青鳥在哪，他們就會永遠找不到了！等故事到了尾聲，我再告訴你們為什麼。此刻，在光細心的照顧下，就讓我們的小朋友在美麗的白雲上先好好睡一覺吧。

第四章　夜之宮殿

不一會兒，孩子倆和夥伴們在黎明時分碰面，準備前往夜之宮殿，希望能在那裡找到青鳥。點名的時候好幾個人都沒有回應。牛奶沒辦法接受任何形式的刺激，決定待在房間。水捎來藉口：她向來習慣在布滿青苔的河床旅行，這陣子已經累得半死，怕自己會生病。至於光，自天地初始以來她就和夜不對盤。火是光的親戚，所以也不喜歡夜。光親了親孩子們並告訴諦洛方向，因為這次要由他負責帶隊遠征。於是，這支小小的隊伍上路了。

想像一下，諦洛在最前方小跑步帶路，他用後腳站立，像個矮個子男人，鼻子抬在半空中，舌頭懸在下巴外，前掌在胸前交疊。他坐立不安、嗅來嗅去、跑上跑下，走了兩倍的冤枉路也不覺得辛苦。他深知自己責任重大，所以對路上的誘惑嗤之以鼻：他無視垃圾堆，對任何看到的東西不屑一顧，也不理所有老朋友。

可憐的諦洛！變成人類讓他很高興，但是他沒有比從前快樂。對他來說生活還是一樣，因為他本性並未改變。如果他依然像狗一樣去感覺和思考，那他變成人又有什麼意義呢？事實上，壓在他身上的責任感，大概讓他增添了一百倍煩惱。

「唉！」他嘆了口氣，他盲目地加入小天神的尋鳥任務，一刻也沒考慮過旅途的終點也是他生命的終點。「唉。」他說，「要是讓我抓到青鳥那小壞蛋，相信我，就算牠跟鵪鶉一樣豐腴甜美，我也不會用舌尖碰牠一下！」

麵包嚴肅地提著籠子跟在後面，再來是孩子倆，糖殿後。

可是貓呢？想知道她缺席的原因，我們得稍微倒帶看看她的心思。當諦蕾在仙子的宮殿召開動物暨東西大會時，她正在構思一個拖延旅程的偉大計畫，但她萬萬沒想到聽眾那麼笨。

「一群蠢蛋，」她心想，「差點壞了整個計畫，竟然傻乎乎跪在仙子跟前像犯了什麼罪。還是靠自己最好。在本貓生命中，所有訓練都奠基在猜疑上。我想人類生命中也一樣，信任別人者必遭背叛。最好還是一聲不吭，自己耍奸詐就好。」

親愛的讀者，如你所見，貓和狗的情況差不多：她的靈魂沒有改變，只是延續之前的存在方式而已。當然，她很邪惡；於此同時，若真要說，我們親愛的諦洛則是太善良了。於是，貓決定獨自行動，她要在天亮前去拜訪夜，她的老朋友。

通往夜之宮殿的路漫長又危險，兩側都是懸崖，你得在高聳的巨岩間爬上爬下再往上攀，每顆岩石好像都隨時等著把行人砸得粉身碎骨。最後，你會來到一處黑暗深淵的邊緣，得從這裡往下走好幾千級階梯，才會抵達夜居住的黑色大理石地底宮殿。

熟門熟路的貓一路飛奔，輕如羽毛。她的斗篷被風吹起，像一面旗幟飄在身後。帽沿的羽毛翩翩起舞，腳下的灰色童靴幾乎未曾沾地。她很快抵達目的地，三躍兩跳，到了夜所在的宮殿大廳。

這景象真是神聖。氣宇軒昂宛如女皇的夜，倚在寶座上睡著了，身旁連一絲亮光、一顆閃爍的星子都沒有。但我們知道，對貓來說夜沒有祕密，因為貓的眼睛擁有穿透黑暗的力量，所以諦蕾能夠像在大白天一樣清楚看見夜。

喚醒夜之前，貓對著那張慈母般親切的臉，深情望了一眼。那張臉如同月色銀白皎潔，剛毅的五官令人又敬又畏。長長的黑色輕紗下隱約可見夜的身軀，健美如同希臘雕像。她手臂修長，還有一對從肩膀延伸到腳的巨大翅膀，熟睡時收攏起來，讓她看起來無比莊嚴。儘管對最好的朋友一往情深，貓不能再浪費時間凝視她了。正是緊要關頭，時間緊迫。她跌坐在寶座旁的台階上，疲憊，厭世，渾身充滿痛苦，哀怨地喵喵叫：

「夜之母，是我啊！我累死了！」

夜天性多慮，容易受到驚嚇。她的美建立在平靜與安眠上，主宰「靜默」的祕密，卻總是被生活打擾：一顆劃破天際的流星、一片飄落的樹葉、一聲貓頭鷹的啼叫，一點

通往夜之宮殿的路漫長又危險

點微不足道的聲音，都足以撕破夜每晚覆蓋在大地上的黑天鵝絨布幔。因此，貓還沒說完，夜便渾身顫抖坐了起來。她拍動碩大的翅膀，用發抖的聲音質問諦蕾。一旦她得知面臨的威脅，便悲嘆起自己的命運。什麼？人類之子要來她的宮殿！還可能靠著魔法鑽石發現她的祕密！她該怎麼辦？她會如何？她要怎樣保衛自己？夜忍不住發出刺耳的尖叫，忘了她這樣會褻瀆專屬夜晚的神祇「靜默」。自亂陣腳當然不太可能幫她找到解決麻煩的方法。幸好，貓早就習慣人類生活種種麻煩跟擔憂，她可是得力助手，搶先在孩子們到來前想好了計畫，希望能說服夜採納。她向夜簡要說明：

「夜之母，我只知道一個方法：既然他們是小孩，我們必須狠狠嚇唬他們，好讓他們不敢堅持開啟後殿那扇大門，月之鳥和青鳥就在門後。其他洞穴裡的祕密一定能嚇壞他們。我們能否安全脫險，就看你能讓他們多恐懼了。」

橫豎也沒別條路好走。夜還沒來得及回覆便聽見了聲響。她凝緊美麗的五官，氣憤地展開雙翅。夜的神情讓貓知道，她已經默認了計畫。

「他們來了！」貓大喊。

小小的隊伍正邁開步伐走下夜宮陰森的階梯。諦洛昂首闊步地帶頭，諦諦不安地環顧四周。他看到的事物顯然沒辦法讓他放心。一切都很宏偉，但又非常駭人。想像一間巨大奇異的黑色大理石廳堂，帶著墓穴般凜然的光澤。這裡看不見天花板，環繞圓形競技場的黑檀柱子聳入天際。唯有抬頭仰望的時候，才能捕捉到星星灑落的微光。濃密的

夜便渾身顫抖坐了起來。她拍動碩大的翅膀，用發抖的聲音質問諦蕾。

黑暗統御了一切。兩道火焰，就只區區兩道，在夜的寶座兩側時隱時現地閃爍。寶座後方是一道巨大如碑的黃銅大門，左右兩側的柱子間顯現出幾道青銅大門。

貓連忙迎向孩子們。

「這邊走，小主人，這裡！我已經通報夜了，她很樂意接見你們。」

貓溫柔的聲音跟微笑讓諦諦再次恢復鎮定，他邁出勇敢自信的步伐走向寶座，開口說：「日安，夜女士！」

「日安」這個詞冒犯了夜，讓她想到自己永恆的敵人光，她冷回：

「日安？我還真聽不慣，你可以說晚安，或至少傍晚好吧？」

我們的英雄並不想爭辯，在這位氣宇軒昂的女士面前，他覺得很渺小。他隨即好聲好氣請求原諒，彬彬有禮地詢問能否恩准他們在宮殿裡尋找青鳥。

「我從來沒見過！不在這裡！」夜喝斥，鼓起巨大的翅膀恫嚇男孩。

但是，當諦諦一臉堅持毫不畏懼的時候，夜反而忌憚起鑽石。鑽石能照亮她的黑暗，會徹底摧毀她的力量。她覺得最好假裝慷慨暫時低頭，立刻指了指擺在寶座前方台階上的大鑰匙。

諦諦毫不遲疑抓起鑰匙跑向大廳裡第一扇大門。

大家嚇得直發抖。麵包牙齒打顫，站得稍遠的糖痛苦哀號，蜜諦放聲哭喊：「糖在哪裡？我想回家！」

此時，諦諦臉色發白堅定地試著開門。夜肅穆的聲音壓過所有喧鬧，她宣布門後的第一重危險。

「裡面是鬼魂！」

「天啊！」諦諦心想，「我沒看過鬼，一定很可怕！」

忠心的諦洛在他身旁氣呼呼喘息，因為狗最討厭怪裡怪氣的鬼東西。

終於，鎖喀答一聲轉開。死寂如黑暗般濃密沉重，沒人敢用力呼吸。門開了。霎時間，待在幽暗裡滿滿的白色身影往四面八方逃竄。有的拉長伸向天空，有的纏繞上柱子，有的沿著地面快速蠕動。他們有一點像人，但幾乎不可能辨識他們的五官。肉眼很難捕捉他們的身影，每當你定睛一看，他們就變成一片白霧。諦諦拼命追趕他們，因為夜配合貓的陰謀假裝嚇得要命。成千上百年來，夜一直是鬼魂的好朋友，她只需要說句話就能把他們再次趕進去。但她很小心不讓自己這麼做，反而瘋狂拍打翅膀召喚神祇，大聲叫喊：

「趕走他們！趕走他們！救命！救命！」

由於近年已經沒有人類相信鬼了，可憐的鬼魂們很少有機會現身，非常開心能出來放風透氣。要不是諦洛試圖咬他們的腳，讓他們很害怕，他們絕對不肯再回到門後。

「汪！」當門終於關上時，狗吁了一口氣，「天知道我牙齒很利，但這種東西我從來沒見過！咬他們的時候，會以為他們的腿是棉花做的。」

這時，諦諦正走向第二扇門。

「這扇門後面有什麼？」他問。

夜揚了揚手像是要勸退他。難道這個頑固的小子真的什麼地方都想看？

「我開門的時候好像要小心一點？」諦諦說。

「不用。」夜說，「沒什麼大不了，裡面是疾病。他們很安靜，可憐的小東西！人類已經向他們宣戰好一陣子了。你開門自己看吧……。」

諦諦把門敞開，站在那直發楞，說不出半句話，裡面什麼都看不到啊。

他正要關門的時候，一個穿睡衣戴棉帽的小傢伙把他擠到一旁。小傢伙在大廳跳過來跳過去，搖頭晃腦，不時停下來咳嗽、打噴嚏和擤鼻涕……她忙著套上拖鞋，但是拖鞋太大了，一直滑下來。糖、麵包和諦諦不怕了，反而大笑起來，但還沒等他們靠近那個棉帽小人兒，很快也開始咳嗽打噴嚏了。

「這是疾病裡最無關緊要的，」夜說，「叫做感冒。」

「老天，老天！」糖心想，「要是我一直這樣流鼻水，我就完蛋了，我會溶化的！」

可憐的糖！他不曉得該往哪裡躲藏。自從旅程開始，他變得對生命滿懷憧憬，因為他已經全心全意愛上了水，但這份愛令他擔驚受怕。水最愛暗送秋波，喜歡獲得很多關注，也不太在意自己和誰混在一起；但和水混得太熟會付出昂貴的代價，就像可憐的糖，因為他每吻她一下，就會失去自己一小部分，他因此擔憂起自己的性命。

當他突然被感冒襲擊，他差點沒逃出宮殿，幸虧諦洛及時趕來，追著那個小妖精跑，把她趕回洞穴裡。諦諦和蜜諦看到這幕笑得好高興，開心想著目前為止這關試煉還不算太糟。

於是，小男孩放膽朝下一道門跑去。

「當心！」夜用駭人的口氣喊，「裡面是戰爭！他們力量非常強

當他突然被感冒襲擊，他差點沒逃出宮殿，

大。萬一其中一個被放出來，我真不敢設想後果。你們全都站穩了，準備把門推回去關上！」

夜的警告還沒說完，勇敢的小傢伙已經後悔自己的莽撞了。他想關上門卻沒辦法，一股銳不可擋的勢力從門另一端猛頂過來，鮮血從門縫流瀉，戰火四射。叫喊、咒罵和呻吟，與大砲的怒吼、火槍連珠炮的響擊交織成一片。夜宮裡人人手足無措地奔逃。麵包和糖想逃跑卻找不到出口，又跑回諦諦身旁，幫他一起絕望地拼命抵住門。

貓故作慌張，暗自竊喜。

「該結束了吧，」她捲了捲鬍鬚說，「他們應該不敢再往下看了。」

親愛的諦洛奮力像超人一樣幫助小主人。蜜諦站在角落哭泣。

最終，我們的英雄發出勝利的吶喊：

「萬歲！他們屈服了！贏了，贏了！門關上了！」

說完，他攤倒在台階上，筋疲力盡，用餘悸猶存的小手擦了擦額頭。

「如何？」夜厲聲說，「吃夠苦頭沒？看見他們了嗎？」

「有，看見了！」小傢伙抽噎說，「他們醜陋又可怕……我不覺得青鳥會在他們那。」

「那是當然，」夜沒好氣地回答，「要是他們有青鳥，也會馬上吃掉……你瞧，做什麼都沒有用……。」

諦諦自豪地挺起胸膛：

「我每個地方都要看。」他宣告，「光是這麼說的。」

「說得容易，」夜駁斥，「她倒是怕得留在家！」

「我們去開下一道門吧！」諦諦堅定地說，「裡面有什麼？」

「這是我放陰暗面和恐懼的地方。」

諦諦凝神思考了一會兒。

「說到陰暗，」他心想，「夜女士是在跟我開玩笑吧。我已經來這裡一個多小時了，看到的除了陰暗還是陰暗，如果能再次見到光亮我倒是會很高興。至於恐懼，如果他們跟鬼魂差不多，那我們又可以看笑話了。」

諦諦走過去開門，他的夥伴連抗議都來不及。他們還坐在地板上，因為剛才的驚嚇人仰馬翻，吃驚地面面相覷，慶幸自己劫後餘生。此時，諦諦推開了門，結果沒有東西跑出來。

「裡面沒人。」他說。

「當然有，當然有人！小心啊！」夜還在佯裝害怕。

其實她火冒三丈。她本來希望恐懼能上場好好嚇嚇大家，沒想到，這些可憐蟲因為長期被人類鄙視，竟然會害怕諦諦。她好言好語鼓勵他們，成功哄騙幾個蒙著灰色面紗的高個子出來。他們在大廳亂跑，直到聽見小孩子的笑聲，突然又心生畏懼衝回了門後。夜的計謀失敗了，可怕的時刻即將到來。諦諦已經走向大廳盡頭那道大門。他們最後交談了幾句。

「不能開那道門。」夜用令人生畏的語調說。

「為什麼？」

「因為不准。」

「那青鳥一定藏在這裡！」

「別再過去了，不要挑戰命運，不准開那道門！」

「可是為什麼？」諦諦固執地問。

夜被他的刨根問底激怒了，暴跳如雷，對他撂下最可怕的恐嚇，最後放話說：「凡是打開那道門的人，哪怕只是打開一根髮絲的縫隙，都無法活著重見天日。開門必死無疑；要是你堅持要碰這道門，世人嘴裡說的恐怖、恐懼和害怕，都比不上在門後等你的東西。」

「親愛的主人，不要啊！」麵包牙齒打顫說，「不要啊！可憐可憐我們吧。我下跪求你了。」

「你會犧牲我們所有人的命！」貓喵喵說。

「我不要！我可不要！」蜜諦啜泣。

「行行好！行行好！」糖擰著手指頭哭鬧。

大夥兒圍住諦諦聲淚俱下。只有諦洛，他尊重小主人的心願，儘管他也深信自己最後的時刻即將來臨，依然不敢吭聲。兩顆斗大的淚珠從雙頰滑落，他絕望地舔了舔諦諦的手。真是熱淚盈眶的場面，我們的英雄一度遲疑了。他的心狂跳，喉嚨乾燥得難受，想講點什麼卻發不出聲音。再說，他也不願意在這群不幸的夥伴面前表現出軟弱。

「如果我沒有勇氣完成任務，」他對自己說，「還有誰能做到呢？要是我的朋友們看見我苦惱，我就玩完了，他們一定不會讓我繼續完成使命，我就永遠找不到青鳥了！」

想到這裡，男孩的心臟在胸膛澎湃跳動，他助人為樂的天性反過來佔了上風。也許，幸福就近在咫尺，要是不試著爭取、冒著豁出生命的風險去努力嘗試，最終把獲得的幸福傳遞給全人類，這樣是絕對不行的！

就這樣辦。諦諦下定決心犧牲自己。他像個真正的英雄，揮舞著沉重的金鑰匙大喊：

「我非開門不可！」

他跑向那道大門，諦洛喘著氣跟隨他。可憐的狗嚇得半死，但他的自尊以及對諦諦的忠誠讓他壓倒了恐懼：

「我留下來。」他對主人說，「我不怕！我要留在小天神身邊！」

同一時間，其他人早就鳥獸散。麵包在柱子後崩潰得直掉碎屑；糖抱著蜜諦在角落不斷溶化；夜和貓氣得發抖，遠遠站在大廳另一端。

諦諦最後一次親了諦洛，將他抱在胸前，毫不猶豫穩當地將鑰匙插進鎖孔。恐懼的驚叫從大廳各個角落傳來，逃命的眾人早就各自找好掩護。此時兩扇雄偉的門扉在諦諦面前神奇地打開了，他驚嘆地目瞪口呆。真是絕妙的驚喜！眼前是一座美好的夢幻花園，開滿星星般閃耀的花朵，瀑布從空中飛流而下，樹木披上銀色的月光。玫瑰花叢間有東西

眼前是一座美好的夢幻花園，開滿星星般閃耀的花朵

正盤旋飛舞，像是藍色的雲彩。諦諦揉了揉眼睛，不敢置信。他定了定神，又仔細看了看，接著衝進花園像瘋子般高喊：

「快來！快來！牠們在這裡！我們終於找到青鳥了！成千上萬……千千萬萬！快來，蜜諦。快來，諦洛。你們快來幫我，伸手就能抓到一大把！」

終於安心後，諦諦的朋友們跑過來衝進鳥群中，比賽誰能抓到最多隻：

「我已經抓到七隻了！」蜜諦說，「抓不住了！」

「我也沒辦法。」諦諦說，「我捉太多隻了，牠們一直從我懷裡飛走。諦洛也抓到一些。我們出去吧，趕快，光在等我們！她一定會很高興！這裡，這邊走！」

他們滿心歡喜，手舞足蹈，活蹦亂跳，一邊走一邊唱著勝利之歌。

夜和貓根本無法同樂，焦慮地偷溜回門邊。

夜哀號：「他們沒抓到青鳥吧？」

「沒有。」貓回答，她看見真正的青鳥高高地棲息在一束月光裡。「他們不可能碰得到青鳥，太高了。」

我們的朋友飛快地跑上數不清的階梯，朝日光奔去。每個人手裡都抱著自己抓到的青鳥，只是他們做夢也沒想到，每靠近光線一步，懷中可憐的小傢伙就更接近死亡。於是，當他們抵達階梯頂端，他們抱著的只是死鳥罷了。

光焦急地等著他們。

「你們抓到青鳥了嗎？」她問。

「抓到了！」諦諦說，「抓到好多！好幾千隻呢！你看！」

說完，他將死掉的青鳥遞給光，這才驚愕地看見牠們變成毫無生氣的屍體。可憐的小翅膀斷了，頭可悲地垂在脖子旁。男孩絕望地看向夥伴。天啊，他們抱著的也是死鳥。

諦諦撲進光的懷裡啜泣。又一次，他所有的希望都粉碎了。

「別哭，孩子。」光說，「你只是沒有抓到那隻能活在陽光下的青鳥……我們以後還是會找到的。」

「當然，我們以後一定會找到。」麵包和糖同聲說。

他們倆都是大傻瓜，但也想要安慰男孩。至於諦洛，他大受打擊到一時忘了自尊，看著死去的鳥兒大喊：

「我真好奇牠們好不好吃？」

一行人出發返回光之神殿過夜。真是一趟鬱悶的旅程，所有人都後悔離開家，心裡責怪諦諦不夠謹慎。糖挨在麵包耳邊低聲說：

「主席先生，你不覺得這些波瀾根本沒有意義嗎？」

麵包受到如此奉承有點飄飄然，自負地回答：

「我親愛的夥伴，千萬別擔心。我會讓事情走向正軌。要我們全聽那個小冒失鬼異想天開的胡鬧，這種日子誰受得了！明天，我們就待在床上！」

他們忘了，要不是因為現在他們嗤之以鼻的男孩，他們根本不會活過來。萬一諦諦突然跟麵包說，他得回到模具裡被吃掉，然後糖要被切成小小塊加進爸爸的咖啡或媽媽的糖漿，他們一定會跪倒在恩人面前求饒。老實說，要不是大禍臨頭，他們根本不會感激眼前的好運。

可憐的東西們！碧露娜仙子賦予他們人類生命的時候，應該也要給他們一點智慧。實在也不能怪他們，顯然，他們只是對著人類有樣學樣。有說話的力量，就胡說八道；有批判的能力，就怪東怪西；能夠去感覺，就抱怨連連。他們的心只會平添恐懼，而不是感受更多快樂。他們的腦袋明明能輕易駕馭一切卻用得超少，讓腦袋幾乎要生鏽了。要是你能掀開他們的頭，瞧瞧裡面生命的運作，你會看見他們最珍貴的資產，也就是可憐的大腦，隨著他們每個舉動跳來跳去，在空洞的頭蓋骨裡嘎嘎作響，就像豆莢裡乾癟的豆子。

幸好，光擁有絕妙的洞見，她早已洞悉眾人的心理。因此，她決定除非必要，不會再讓元素和東西參與太多任務。

她心想：「他們的用處是途中餵飽還有娛樂孩子們，但他們還是別參加之後的試煉了，因為他們不夠勇敢也毫無信念。」

此時，一行人繼續前進。路寬了，變得金燦燦的。在路的盡頭，光之神殿矗立在水晶般的山頂上散發著光芒。光請狗兒輪流揹疲憊的孩子們。等他們抵達亮晶晶的階梯時，孩子倆都快睡著了。

第五章 未來之國

翌日清晨，諦諦和蜜諦醒來後覺得很開心。他們畢竟保有孩童的率真，早就忘了失望的感受。諦諦很自豪光稱讚了他。她似乎很高興，好像諦諦成功帶回了青鳥一樣。

她一邊摩挲男孩深色的鬈髮，一邊面帶微笑說：

「我很滿意。你真是個勇敢的好男孩，你很快就會找到你在尋找的東西。」

諦諦不懂她話裡的深意，但還是很高興能聽見這些。而且，光向他保證，今天的新征途沒有任何可怕的事情。相反地，他會遇見成千上億個小小孩，會給他看最奇妙的玩具，這些玩具地球上的人連想都想不到。她還告訴他，這次他和妹妹會單獨和她一同旅行，其他人會留下來休息。

這就是為什麼本章開始時，他們全都在光之神殿的地窖集合。光覺得最好把元素和東西關起來，她知道要是讓他們愛怎樣就怎樣，他們可能會溜出去惹事生非。她並不狠心，因為她神殿的地窖比起地面上人類的房子更明亮可愛，只是沒有她的允許不能離開。她有拓寬空間的法力，一揮魔杖，走廊盡頭的翡翠牆面便出現一道裂縫。穿過裂縫沿著水晶台階往下走幾步，抵達一處翠綠透明的地下洞窟，宛如陽光灑落枝頭的森林。

通常洞窟的大廳都很空曠，但現在擺了沙發和一張黃金餐桌，上面放滿水果、蛋糕、奶油和美酒，光的僕人剛好布置完畢。光的僕人真的很古怪，總是讓孩子們哈哈大笑。他們穿著白色綢緞長洋裝，戴著頂端有火苗的小黑帽，看起來活像點燃的蠟燭。女主人打發走僕人後，告訴動物和東西們乖乖待著，還問他們想不想要書本或遊戲當消遣。他們笑著回答，他們最愛的娛樂就是吃和睡，他們很樂意待在這裡。

當然，諦洛可不苟同。他的真心勝過了貪吃和懶惰，他大大的黑眼睛望著諦諦懇求。要不是光嚴格禁止，諦諦絕對樂得帶他忠實的同伴一起去。

「沒辦法呀，」男孩親了諦洛一下，「我們要去的地方好像不准狗進去。」

突然，諦洛興奮地跳起來，他想到一個好主意。他還沒脫離狗兒的現實生活太久，還記得很多事情，尤其是他的煩惱。最大的煩惱是什麼？不就是狗鍊嗎？他被栓在鐵鍊上度過了多少憂鬱的時光！他承受過多少屈辱！以前樵夫會帶他到鎮上，當著大家的面拴住他，真是無法形容的愚蠢，就這樣剝奪了他和朋友打招呼的樂趣，還有嗅嗅聞聞每個街角和水溝這種對他多多益善的樂事。

「好吧。」他對自己說，「只要能跟小天神一起去，我願意再忍受一次那種屈辱的折磨。」

雖然穿著華服，他依舊遵循傳統戴了項圈，可是沒有鍊子。怎麼辦呢？正絕望的時候，他看見水躺在沙發上，漫不經心地把玩她長長的珊瑚項鍊。他盡可能帥氣地跑向她，獻上一堆讚美，求她出借最大條的項鍊。她心情很好，不僅答應了他的請求，還好心幫他把珊瑚繫在項圈上。諦洛歡快地奔向主人，把項鍊做的狗鍊

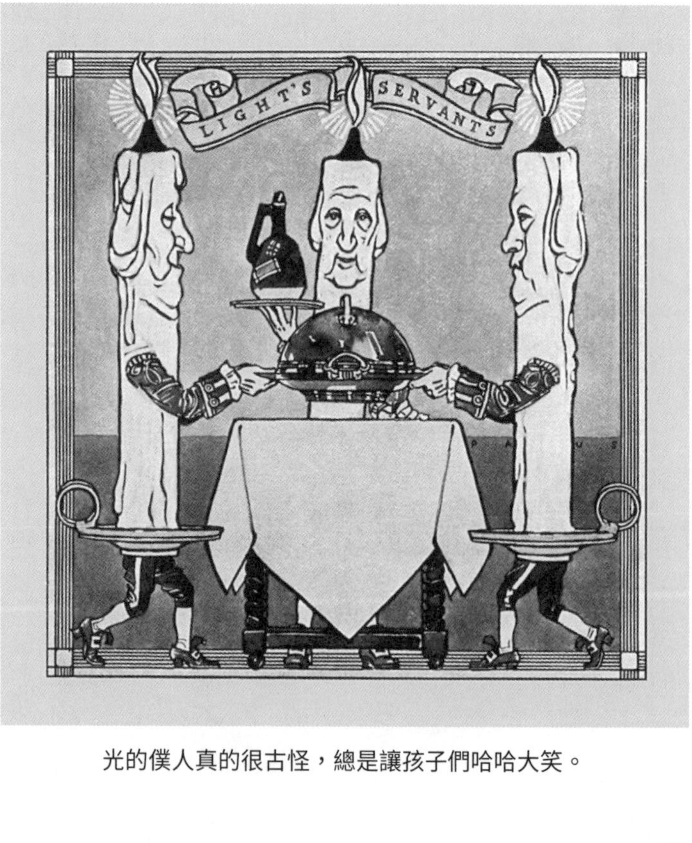

光的僕人真的很古怪，總是讓孩子們哈哈大笑。

交給他，跪地說：

「小天神，就這樣牽我去吧！人類不會對拴狗鍊的可憐狗兒多說什麼的。」

「唉，就算這樣你還是不能去。」光說，她被諦洛自我犧牲的行為深深感動了。為了安慰他，她告訴他命運很快就會為孩子們安排一場試煉，到時他一定能幫上大忙。

說這些話的時候，她輕觸了一下翡翠牆面，牆壁馬上分開讓她和孩子們通過。她的馬車在神殿入口等候，是一個鑲金的美麗玉製貝殼。他們三人坐妥後，負責拉車的兩隻大白鳥立刻飛上雲霄。馬車速度很快，孩子們覺得行車時間那麼短好可惜，他們很享受也笑得很開心，但還有其他更美麗的驚喜在等待他們。

周圍的雲朵慢慢消失，突然間，他們發現自己身處一座耀眼的蔚藍宮殿。這裡一切都是藍色的：光線、石板路、梁柱、穹頂；所有東西，小至最細微的物件，都是濃密的天仙般的藍。宮殿一望無際，視線早就迷失在一片無垠的天青色風光裡。

「這裡太美了！」諦諦忍不住讚嘆，「天哪，好美啊！我們在哪？」

「我們在未來之國。」光說，「周圍是還未出生的小孩。既然鑽石能讓我們看清楚這個被藏起來、人類看不見的地方，說不定能在這裡找到青鳥。快看，有孩子跑過來了。」

一群群從頭到腳身穿藍衣的小孩從四面八方湧來。他們有一頭深色或金色的秀髮，個個長得標緻漂亮。他們歡樂高喊：

「活生生的小孩！快來看活生生的小孩！」
「為什麼他們叫我們活生生的小孩？」謫謫問光。
「因為他們還沒有出生，還在等待誕生那一刻。所有降生地球的孩子都來自這裡。當爸爸媽媽想要孩子，後方那扇大門就會打開，小小孩就會降臨人間。」
「他們人數好多啊！真的好多！」謫謫大喊。
「還有更多呢。」光說，「沒人數得清。再往前走一點，你會看到別的東西。」
謫謫按照指示往前擠卻寸步難行，一群藍衣小孩從四周擠過來。最後，他站上一個台階，總算能越過這群好奇的腦袋，看清楚大廳每一處動靜。真是太不可思議了！謫謫做夢也沒見過這樣的事。他開心跳起舞，蜜謫抓緊他，踮起腳尖好看得見，她也拍著小手驚奇地大喊大叫。
周圍有成千上萬穿藍衣的孩子，有些在玩，有些走來走去，有些在說話或沉思。許多在熟睡，也有許多在工作。他們的樂器、工具、正在打造的機器，還有正在種植或摘採的植物、花卉和水果，全都跟宮殿外觀一樣是明亮的天藍色。孩子中走動著一些高個子的人，也穿藍衣，長得很美，看起來像是天使。他們微笑走向光，輕輕將藍衣小孩推開。孩子們回去安靜做自己的事，但依然用驚奇的眼神觀察我們的朋友。
不過，當中有個小孩依舊站在謫謫身邊。他很嬌小，長長的天藍色絲質洋裝底下，露出一雙有著小圓渦的粉嫩光腳丫。他好奇地盯著活生生的男孩，不由自主地走向前。

「我可以和他說話嗎？」諦諦問，覺得高興又害怕。

「當然可以。」光回答，「你必須交朋友……我讓你們獨處，會比較自在。」

說完她便離開，留下兩個孩子面對面害羞地微笑，接著他們突然聊了起來。

「你好。」諦諦對小孩伸出手。

但小孩不懂這是什麼意思，站著沒動。

「這是什麼？」諦諦又說，摸了摸小孩的藍色洋裝。

聚精會神看著諦諦的小孩沒有回答，一本正經地用手指碰了碰諦諦的帽子。

「這個呢？」他口齒不清地問。

「這個啊，是我的帽子。」諦諦說，「你沒有帽子嗎？」

「沒有，帽子要做什麼？」小孩問。

「用來打招呼致意呀。」諦諦回，「還有天氣變冷的時候……。」

「天氣變冷是什麼意思？」小孩問。

「就是你會像這樣咯咯發抖。」諦諦說，「還有手臂會像這樣。」他生動地把雙手擺在胸前搓動。

「地球上很冷嗎？」小孩問。

「對啊，如果沒有柴火，冬天有時候會很冷。」

「為什麼會沒有柴火？」

「因為很貴啊，買木柴要花錢……。」

小孩又看著諦諦，好像完全聽不懂他說的話；這下換諦諦一臉驚訝。

「看樣子他對生活裡最普通的事情都不知道。」諦諦心想。小孩則欽佩地盯著什麼都懂的「活生生的男孩」。

接著他問諦諦錢是什麼。

「呃，就是你買東西要付的啊！」諦諦說，不屑再往下解釋。

「喔！」小孩認真地說。

他當然不會懂。他怎麼可能懂呢，像他這樣住在天堂的小男孩，在他學會用語言祈求之前，多微小的心願都能輕易被實現滿足。

「你幾歲了？」諦諦繼續聊。

「我很快就要出生了。」小孩說，「再十二年我就會出生……出生很棒嗎？」

「對啊，」諦諦不假思索大聲說，「很好玩！」

但是當小男孩問他「如何成功出生」時，他一臉茫然不知道怎麼說。他的自尊不允許他在別的小孩面前有不知道的事，他手插進褲子後口袋，腿岔得老開，仰著臉，擺出一副男人不急著回答的姿態，看起來逗趣極了。最後，他聳聳肩回答：

「要我說，我不記得了！太久以前了！」

「他們說地球跟活生生的人都很可愛。」小孩發言。

「是還不錯。」諦諦說，「有鳥，有蛋糕，有玩具……有些人什麼都有，什麼都沒有的人可以看別人的！」

這個反應完全呈現了諦諦的個性。他自尊心強，也有一點趾高氣昂，但他從來不嫉妒，雖然家境貧窮卻生性慷慨大方，能夠欣賞別人的富有。

孩子倆又聊了許多，不過要全部告訴你太花時間了，因為有時他們聊的東西只有他們自己覺得有趣。一陣子後，遠遠看著的光突然焦急地走向他們——諦諦哭了。大顆大顆的淚珠滑落臉頰，滴在他的外套上。她很快明白諦諦講起了奶奶，一想到失去了奶奶的愛他就止不住眼淚。他別過頭掩飾情緒，但好奇的小孩不斷追問：

「奶奶們都會死嗎？死掉是什麼意思？」

「他們某天晚上走了，再也不回來了。」

「你的走了嗎？」

「對啊，」諦諦說，「她很疼愛我。」

說到這裡可憐的小傢伙又哭了。

藍衣小孩沒有見過人哭，他住在悲傷並不存在的世界。他非常震驚地大喊：

「你的眼睛怎麼回事？它們在製造珍珠嗎？」

對他來說，眼淚是很稀奇的東西。

「不，這不是珍珠啦。」諦諦難為情地說。

「那這是什麼？」

諦諦覺得掉淚很軟弱，不想承認，尷尬地揉揉眼睛，把一切怪在宮殿閃耀刺眼的藍色上。

困惑的小孩很堅持：

「那些掉下來的是什麼？」

「沒什麼。一點點水而已。」諦諦不耐煩地說，希望可以不用再解釋。

但那是不可能的。小孩非常固執，伸出手指摸摸諦諦的臉頰，好奇地問：

「是從眼睛裡面跑出來的嗎？」

「嗯，偶爾啦，你哭的時候。」

「哭是什麼意思？」孩子問。

「我沒有哭喔。」諦諦驕傲地說，「都是那種藍色害的！不過，要是我真的哭了，就會是這樣……。」

「你在地球上常哭嗎？」

「男孩子不哭，女孩子才會。你在這裡不哭嗎？」

「不會，我不懂該怎麼哭……。」

「嗯，你以後會懂的。」

此時，一陣強風讓他轉過頭去，瞧見幾步之外有一台大機器。他起先沒注意到，因為他忙著關注小小孩。這台機器宏偉壯觀，但我沒辦法告訴你它的名稱，因為未來之國的發明要等到出現在地球之後，才會被人類命名。我只能說當諦諦看到這台機器，他覺得眼前颼颼飛轉的巨大天藍色旋翼，就像是他世界裡的風車，而且就算他找到青鳥，青鳥的翅膀肯定也不會那麼輕巧細膩或耀眼。他滿心羨慕地詢問新朋友這是什麼。

「這些？」小孩說，「這是我將來在地球上發明東西要用的。」

看到諦諦瞪大眼睛盯著，他又補充：

「等我到地球後，我的使命是要發明帶來幸福的東西。你想看嗎？就在那邊，在那兩根梁柱中間。」

諦諦轉身要看，但全部的小孩立刻湧向他大喊：

「不行，不行，先來看我的！」

「不行，我的更棒！」

「我的發明很了不起！」

「我的是用糖做的！」

「他做的不好！」

「我會帶來一種誰也沒見過的光！」

說完，最後一個小孩用一種超級不可思議的火焰將全身點亮。

在一片歡鬧聲中，兩個活生生的小孩被拖去看一座座藍色的工坊，小發明家們紛紛開動自己的機器。只見圓盤、滑輪和皮帶，還有飛輪、驅動輪、齒輪等各式各樣的輪子，全都像藍色漩渦一樣轉個不停，帶動各種機器掠過地面或衝上天花板。其他藍衣小孩則攤開地圖或計劃書，或是翻閱巨大的書籍，或是揭幕天藍色的雕像，或是拿來像是用藍寶石或綠松石製造的巨無霸花卉水果。

諦諦和蜜諦目瞪口呆、十指交扣地站在那，覺得自己置身天堂。蜜諦俯身看一朵碩大的花，笑著把頭伸進花托，花托像

在一片歡鬧聲中，兩個活生生的小孩被拖去看一座座藍色的工坊，

一件藍色的絲質斗篷裹住她的頭。一個髮色烏黑眼神深邃的漂亮孩子，扶著花莖得意地說：

「等我到地球上，所有的花都會開成這樣！」

「會是什麼時候？」諦諦問。

「再五十三年、四個月又九天。」

接著走來兩個藍衣小孩，他們被沉重的竿子壓彎了腰，竿上掛著一串葡萄，每顆都比梨子還大。

「一串梨子！」諦諦大喊。

「不，這是葡萄。」小孩說，「等我三十歲的時候，葡萄都會長成這樣，我已經找到方法了……。」

諦諦很想嘗嘗看，但另一個幾乎被一只籃子遮住的小孩走了過來，有個高個子大人正幫他一起抬籃子。從柳條籃子邊緣垂下的枝葉之間，可以看見一個金髮小孩雙頰紅撲撲的笑臉。

「你看！快看我的蘋果。」他說。

「這些是甜瓜吧！」諦諦說。

「不是，不是，」小孩說，「這些是我的蘋果！等我出生蘋果都會像這樣！我已經發現栽培法了！」

要是我試著跟讀者們描述出現在我們英雄眼前、所有不可思議又美妙絕倫的東西，我永遠也講不完。突然，一陣大笑響徹廳堂。有個小孩提起九大行星之王，諦諦非常疑惑迷惘地四處張望。一張張明亮的笑臉都轉向某個諦諦看不見的位置，一根根指頭都朝著同一個方向。但諦諦什麼都沒看見。他們提到一名國王，所以他在找一個坐在王位上高大威嚴的人物，揮舞著金色的權杖。

「就在那邊，那邊，

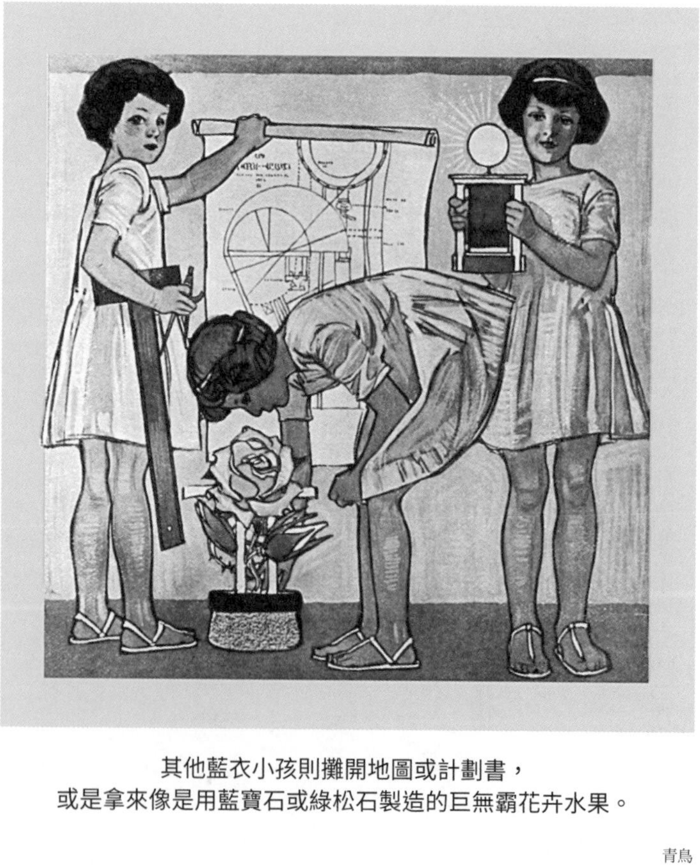

其他藍衣小孩則攤開地圖或計劃書，
或是拿來像是用藍寶石或綠松石製造的巨無霸花卉水果。

往下看，在你身後！」上千個小小的聲音一起說。

「國王在哪裡？」諦諦跟蜜諦興味盎然地反複問著。

忽然，一個更加宏亮威嚴的聲音，蓋過了其他銀鈴般的呢喃聲。

「本人在此！」他神氣地說。

這時，諦諦發現一個他沒交談過的胖寶寶，因為他個子最小，從剛剛就一直神情淡漠地坐在梁柱邊跟大家保持距離，似乎全神貫注思索著。小國王是唯一不在乎「活生生的小孩」的人。他美麗澄澈、如宮殿蔚藍的雙眼，追逐著無窮的夢想；他的右手撐著裝滿思緒沉甸甸的腦袋，身上的短罩衫露出有著小圓渦的膝蓋，金色的鬈髮上戴著一頂金色皇冠。這個寶寶喊出「本人在此」的時候，他從原本坐著的台階起身，試著一步跨上去，但他走路還很笨拙，一下子便失去重心往前撲地。他馬上充滿威嚴地爬起來，所以沒人敢笑他。這次，他四肢並用爬上台階，兩腿開開神氣地站著，把諦諦從頭到腳打量了一遍。

「你不大耶！」諦諦竭力忍住笑。

「等我大了會做偉大的事情！」國王用不容置疑的語氣反駁。

「你打算做什麼？」諦諦問。

「我要建立太陽系行星聯邦。」國王大模大樣地說。

諦諦太佩服了，一時無言以對。國王繼續說：

「所有行星都會加入，除了土星、天王星跟海王星，他們遠得太離譜了。」

語畢，他搖搖晃晃爬下台階，恢復原先淡然的神情，表示該說的他都說完了。

諦諦讓他繼續沉思，他迫不及待想認識愈多小孩愈好。他被介紹給發現新太陽的的人、創造全新喜悅的人、剷除地球上不公不義的英雄，還有征服死亡的智者……實在太多太多人了，要一一講完要好多好多天。諦諦有點累了，開始感到無聊，這時有一個孩子的叫喚突然引起他注意：

「諦諦！諦諦！你好嗎？你好嗎？」

一個藍衣小小孩從大廳後方人群中擠出一條路跑來，他白白瘦瘦，眼神晶亮，長得很像蜜諦。

「你怎麼會知道我的名字？」諦諦說。

「這又沒什麼，」藍衣小孩說，「畢竟我以後是你弟弟啊！」

這次，活生生的孩子倆著實大吃一驚。多奇妙的相遇啊！回家後一定要馬上告訴媽媽，爸爸媽媽聽到會有多驚訝！

當他們正浮想聯翩，小孩繼續解釋：

「我明年就會去找你們了，在復活節前的星期天。」

接著他對哥哥提出幾千個問題：家裡舒不舒服？食物好不好吃？爸爸會很嚴肅嗎？媽媽呢？

「噢，媽媽最好了！」小朋友們說。

他們也回問他：到地球之後要做什麼？會帶什麼去？

「我會帶去三種疾病：猩紅熱、百日咳跟麻疹……。」小弟弟說。

「喔，就這樣，沒了？」諦諦搖搖頭，帶著明顯的失望。

小弟弟繼續說：「然後，我就會離開你們！」

「這樣根本不值得來啊！」諦諦懊惱地說。

「我們又不能選擇。」小弟弟氣鼓鼓地回答。

要不是有一群急著去見某人的藍衣小孩，突然擠過來把他倆隔開，不用等小弟弟出生到地球他倆可能就吵過架了。就在這個時候，出現了一陣很大的聲響，彷彿長廊盡頭成千上萬看不見的門正同時開啟。

「怎麼了？」諦諦問。

「是時間。」一個藍衣小孩說，「他要開門了。」

四處洋溢著興奮。小孩們丟下機器和手上的工作，熟睡的也醒了，每雙眼睛都熱切焦急地轉向大廳後方的蛋白石大門，每張小嘴都不斷叨念著同一個名字，到處迴盪著「時間！時間！」的呼喚。巨大的神祕聲響持續。諦諦迫切地想知道那是什麼意思，於是抓住一個小孩的衣襬問他。

「讓我走。」小孩不安地說，「我在趕時間，今天說不定會輪到我……已經破曉了，這是今天要出生的孩子去地球的時刻……你等等就會看到了，時間正拉開門閂……。」

「時間是誰？」諦諦問。

「一個老人，他來叫喚那些要出生的人。」另一個小孩說，「他人不壞，但他不會聽別人的。如果還沒輪到他們，就算苦苦哀求，他也會把那些想去的人推開。讓我走！這時候可能輪到我了！」

此時，光十萬火急地衝到諦諦和蜜諦身旁。

「我正在找你們。」她說，「快來，絕對不能讓時間發現你們。」

她一邊說，一邊用金色斗篷裹住孩子倆，將他們拉到大廳角落，那裡什麼都看得到，卻不會被看到。

諦諦很高興有人妥善保護他。他知道等等要出現的這個人擁有巨大無比的威力，人類的力量根本無法對抗。他是神祇，也是怪物，他賦予生命，也吞噬生命，他疾疾行過人間，速度快到你根本沒時間看清楚。他吞了又吞，永不休止，帶走所有碰觸到的事物。光是諦諦一家，他已經帶走了爺爺奶奶、弟弟妹妹，還有老黑鳥！他不在乎自己帶走了什麼：喜悅與悲傷，寒冬與溽暑，一切都是他羅網裡的魚兒。

明白了這些，諦諦很驚訝未來之國的每個人都飛奔去迎接他。

「我猜他不會吞噬這裡的任何東西。」諦諦心想。

他來了！大門的鉸鏈緩緩轉動，遠處傳來音樂聲，是地球上的聲音。一道紅綠色光芒穿透大廳，時間出現在門邊。他是個高䠷清瘦的老人，老到滿是皺紋的臉龐灰如塵土，白色鬍鬚垂到膝蓋。他一手拿著巨大的鐮刀，另一手拿著沙漏。他身後不遠處，有一片色澤如黎明的海洋，停泊著一艘揚著白帆宏偉壯觀的金色大帆船。

「時辰已到的人，準備好了嗎？」時間問。他的聲音宛如銅鑼莊嚴又深沉，話音一落，數以千計銀鈴般的小孩子聲音回覆：

「我們在這！我們在這！我們在這！」

轉瞬間，藍衣小孩團團圍住高䠷的老人，他把他們全推回去，用粗啞的聲音說：

「一次一個！又來了，你們遠遠超過需要的名額……你們騙不了我！」

他一手揮舞鐮刀，另一手舉起斗篷擋住那些想從他身旁偷溜過去的冒失孩子。沒有一個孩子能逃過令人生畏的老人機警的雙眼。

「還沒輪到你！」他對某個小孩說，「你明天才會出生！你也還沒，你還要等上十年……第十三個牧羊人？只需要十二個，用不著太多……更多醫生？已經夠多了，他們正在地球上抱怨呢……工程師去哪了？他們需要一個誠實的人，只要一個，一個出色的人。」

此時，一個一直躊躇不前的可憐孩子，吸著大拇指膽怯地走上前來。他看來蒼白又憂傷，步伐搖搖晃晃。他悲慘的模樣，就連時間也感到一絲憐憫。

轉瞬間，藍衣小孩團團圍住高䠷的老人。

「是你啊！」他感嘆，「你看來是個可憐蟲。」

他仰頭望天，用氣餒的表情補充說：「你不會活很久！」

活動持續進行。每個被拒絕的小孩都垂頭喪氣地回去繼續工作。當有人被選上，其他小孩便羨慕地看著他。偶爾也會有些插曲，好比那個將來要對抗不公不義的英雄就拒絕離開。他緊緊抓住玩伴們，玩伴向時間大喊：

「閣下，他不想去！」

「不要，我不想走！」小傢伙拚命哭喊，「我寧願不要出生。」

「說得沒錯！」諦諦心想，他很有常識也知道地球上的事是怎樣。人們常常因為沒道理的事挨揍；當他們做錯事，你也不用懷疑，懲罰肯定會落到他們某個無辜的朋友身上。

「我可不想當他。」諦諦自言自語，「我寧願天天出去找青鳥！」

此時，正義的小鬥士啜泣著離開了，他被時間閣下嚇壞了。

群情激動到了最高點。孩子們在大廳到處跑來跑去，有些在打包他們的發明，那些留下來的孩子千叮嚀萬囑咐：

「你會寫信給我嗎？」

「他們說不能！」

「噢，試試嘛，拜託試試看！」

「要告訴大家我的想法！」
「再見，珍……再見，皮耶！」
「你東西都有帶到吧？」
「別忘記你的點子！」
「試著告訴我們地球棒不棒！」
「夠了！夠了！」時間揮動大鑰匙和可怕的鐮刀，扯開嗓門大吼，「夠了！已經起錨了……。」
於是，孩子們登上掛著美麗絲質白帆的金色大帆船，向留下來的小夥伴們揮手告別。當他們看到遠方的人間大地時，高興得大叫起來：
「是地球！地球！我看見了！」
「它好亮呀！」
「它好大啊！」
同一時間，有首歌彷彿從深淵裡升起，一首遙遙傳來的喜悅與期盼之歌。
微笑聆聽歌聲的光，看見諦諦驚訝的神情，俯身告訴他：
「這是母親們迎接寶寶的歌。」
這時，關好門的時間突然瞧見諦諦跟蜜諦，氣急敗壞地衝過來，對他們揮舞鐮刀。
「快！」光說，「快！諦諦，帶上青鳥，跟蜜諦一起走在我前面。」

她將之前藏在斗篷下的鳥兒放進男孩懷裡，雙手撐開她那璀璨奪目的薄紗，霎時大放光明，她往前奔跑，保護兩個孩子不會遭到時間的攻擊。

他們就這樣穿過好幾道雄偉壯麗的綠松石和藍寶石長廊，但依然置身未來之國。時間是這裡偉大的主人，因為違抗了他，他們必須盡快逃離他的盛怒。

蜜諦嚇壞了，諦諦緊張地不斷轉頭看光。

「別怕，」她說，「自太初以來，我是時間唯一尊敬過的人。你只要小心照顧青鳥就好，牠真是美極了！顏色好藍好藍。」

這個念頭讓男孩心花怒放。他能感覺到珍貴的寶貝在他懷裡振翅，雙手不敢用力壓住這隻美麗生物溫暖柔軟的翅膀，他砰砰跳的心臟緊貼著鳥兒的心臟。這次，他真的抓到青鳥了！誰都不能碰牠，因為這是光親手交給他的。他會凱旋回家！

他被快樂沖昏了頭，差點搞不清楚方向；喜悅在他腦海裡敲響勝利的鐘聲，讓他暈陶陶，自豪地發狂；這一切，很不幸地讓他失去了冷靜和專注。他們正要跨出宮殿時，一陣大風從穿堂掃過來，吹開了光的薄紗，終於讓窮追不捨的時間發現了兩個孩子的蹤影。他發出怒吼，揮著鐮刀劈向諦諦，孩子嚇得大叫。光擋住了這一擊，砰地一聲，宮殿大門在他們身後關上。他們得救了！可天哪，諦諦剛才在驚慌中張開了雙臂，此時，他在淚眼婆娑間望著未來之鳥在他們頭頂翱翔，牠的翅膀是如此碧藍，如此輕盈，如此透明，逐漸消融在藍天之中。不久，男孩便什麼都認不出來了。

第六章　光之神殿

諦諦在未來之國玩得很盡興，見到很多美妙的東西和幾千個小玩伴，而且不費吹灰之力青鳥就以最神奇的方式來到他懷裡。他想像不出更美麗、更碧藍或更靈巧的生物了，他仍然能感覺到青鳥在他心口鼓動翅膀。他一直把雙臂抱在胸前，彷彿青鳥還在懷裡。

唉，一切就像夢一樣消失了！

諦諦和光手牽手走著，一邊難過地想著這次的失望。他們已經回到神殿，正走向關著動物和東西的地窖。眼前這是什麼景象！這群悲慘的傢伙吃飽喝足，醉醺醺地躺在地板上。諦洛已經拋開自尊，滾到了桌子底下，像鼠海豚一樣鼾聲隆隆。但他的本能還在，門發出的聲響讓他豎起耳朵。他睜開一隻眼睛，但他實在喝太多酒了所以視力模糊，就算看到小主人也沒認出來。他費了好大的勁讓自己站起來，轉了好幾圈，又摔回地板上發出滿足的呼嚕聲。

麵包和其他人也沒好到哪去，唯一的例外是貓，她端坐在一張大理石和黃金做的長椅上，看起來神智非常清醒。她矯捷地跳到地上，微笑走向諦諦。

「我巴望著見到你們呢。」她說，「跟這群粗人在一起我一直很不快樂。他們先喝光所有的酒，接著大吼大叫、唱歌跳舞、鬥嘴打架，吵得要命，最後總算醉得睡著了，那時我可開心了。」

孩子們親切稱讚她的好表現。其實這根本沒什麼好說嘴，因為她本來就受不了任何比牛奶強烈的東西。不過，我們本來就很少在應該獲得讚賞時被獎勵，反倒有時候會莫名其妙得到稱讚。

深情地親了親孩子們之後，諦蕾向光提出一個請求：

「我過得好慘，」她哀喊，「讓我出去一下吧，我需要獨處。」

光毫無疑心地同意了。貓立刻裹起斗篷，戴好帽子，穿上柔軟的灰長靴，開門躍奔進森林。過一會兒，我們就會知道詭計多端的貓高興成這樣是要去哪裡，還有她暗地裡盤算著什麼可怕的陰謀。

和幾天前一樣，孩子們和光在鑲滿鑽石的大房間裡吃晚餐。僕人們微笑著在他們身旁穿梭，端來美味的菜餚和糕點。

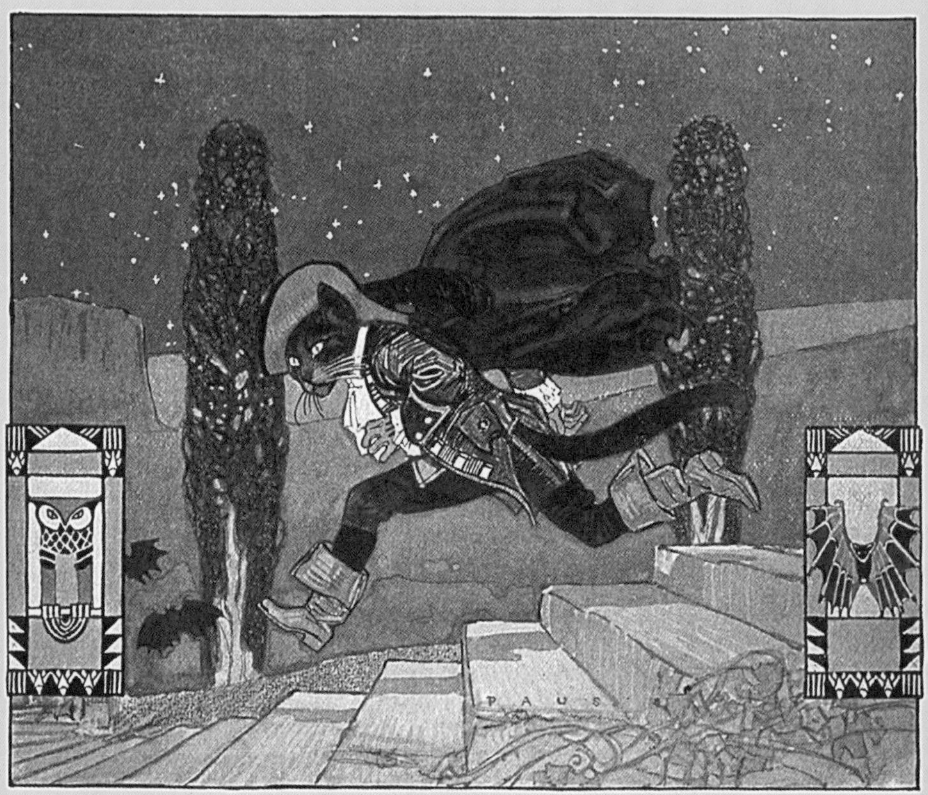

貓立刻裹起斗篷，戴好帽子，穿上柔軟的灰長靴，開門躍奔進森林。

晚餐後，我們的小朋友們開始打呵欠。經歷這麼多冒險後，他們很早就睏了。慷慨體貼的光讓他們依照在地球上習慣的方式生活，免得因為改變作息危害健康。她早已在神殿一處準備好他們的小床，那裡夠暗，對他們來說就像夜晚。

他們要先走過許多房間才能抵達寢室，在那之前還得先經過所有人類已知的光，再行過人類尚未知曉的光。

他們經過許多富麗堂皇的住所，以璀璨的大理石建造而成，這些屋裡的白光強烈得讓孩子們目眩神迷。

「那是富人之光。」光對蒂蒂說，「你看多危險。要是人們在這種光芒底下生活太久，會有失明的風險，這種光容不下一點溫柔善良的陰影。」

她催促他們往前走，才能在溫和的窮人之光底下讓眼睛休息。在這裡，孩子們突然覺得似乎回到了爸媽的小屋，一切是那麼簡樸靜好。微弱的光線很澄澈，但老是不斷閃爍，好像只要輕輕吹一口氣就會熄滅。

接著他們來到美麗的詩人之光底下，他們非常喜愛這種光，因為它蘊含了所有彩虹的色彩。當你走過這種光時，會看見可愛的畫面、花朵和玩具，但是都抓不住。孩子們歡喜地笑著，追逐著鳥兒蝴蝶，但每樣東西只要一碰到就會消逝。

「咦，怎麼會這樣！」蒂蒂喘著氣跑回光的身邊，「這是我遇過最奇怪的光了！我不懂！」

「你以後就會懂了。」光回答，「而且，如果你好好明白了原因，你會變成極少數當青鳥出現在面前時能夠認出來的人。」

離開詩人的區域後，我們的朋友們抵達了博學之光，這裡介於已知與未知的交界。

「我們走吧。」諦諦說，「這裡好無聊。」

老實說，他有一點害怕，因為他們在一長排冰冷森嚴的拱門面前，空中不斷砸下光耀奪目的閃電。每一道閃電出現時，都能看見還沒有命名的怪奇事物。

經過拱門後，他們抵達各種人類尚未知曉的光芒。儘管睡意襲上諦諦的眼皮，他還是情不自禁欣賞起大廳，這裡有著藍紫色的柱子和散發紅光的走廊。柱子的紫色很深沉，光線的紅色則是淡淡的，其實都很難看清楚。

最後，他們抵達了散發絲滑無暇黑光的房間。人們將這種光稱為黑暗，是因為人的眼睛沒辦法辨識出這種光線。孩子們隨即在兩張柔軟的雲朵床鋪上墜入了夢鄉。

第七章　墓園

孩子們沒有出門歷險時，就在光的國度玩耍，這對他們來說是很棒的禮遇，因為神殿周圍的花園和林野，與金銀建造的廳堂一樣美輪美奐。

有些植物的葉片寬厚結實，孩子們可以躺在上面，當清風徐來，撩動葉片，就像躺在吊床裡搖來搖去。這裡四季如夏，從未夜幕低垂；但可以用不同的顏色區分時間，有粉紅、白、藍、紫藍、綠和黃色的時段。根據時間不同的色調，花朵，果子，飛鳥，蝴蝶和香氣都會隨之變換，讓諦諦和蜜諦總是驚喜不已。他們想要的玩具應有盡有。玩累了，他們就在蜥蜴背上舒服地躺成大字形，這裡的蜥蜴像小船一樣又長又寬，嗖嗖地繞著花園小徑賽跑，越過白細如糖的沙地。渴了，水就將她的長髮辮往巨大的花托抖一抖，孩子們便直接從百合、鬱金香和牽牛花的花心裡喝水。要是餓了，他們就摘發光的果子吃，他們會嘗到光的滋味，裡面還有像陽光般耀眼的果汁。

樹叢中，還有一汪具有魔法的白色大理石池塘，往池裡看去，裡面的清水反映出的不是容貌而是靈魂。

「真是不像話的發明！」貓說，她堅持不肯靠近池水。

和我一樣熟知她心思的讀者，應該不會訝異她為什麼會拒絕。你們也都明白，為什麼忠心的蒂洛不會害怕去池邊飲水解渴。他不用恐懼洩漏自己的想法，因為他是唯一靈魂從未改變的生物，親愛的狗兒心裡只有愛、善良與忠誠的精神，別無二心。

每當蒂蒂俯身看這面如鏡的池水，幾乎總會看見一隻光彩奪目的青鳥，因為找到青鳥的心願已經占據了他全部的心神。然後他會跑去找光懇求：

「告訴我青鳥在哪！你無所不知，告訴我哪裡能夠找到牠！」

但她用神祕的語氣回答：

「我什麼都不能告訴你。你必須靠自己找到。」她親了親蒂蒂又說，「別灰心！每經過一關試煉，你都離青鳥更近了。」

有一天，光對蒂蒂說：

「我收到碧露娜仙子捎來的話，告訴我青鳥可能藏在墓園……似乎有個死者把青鳥藏在他的墳墓裡。」

「我們該怎麼辦？」蒂蒂問。

「很簡單。午夜時你轉動鑽石，就會看見死者從地底爬出來。」

這番話，讓牛奶、水、麵包和糖驚呼尖叫，牙齒打顫。

「別理他們。」光悄聲對諦諦說，「他們會怕死者。」

「我才不怕他們！」火活蹦亂跳地說，「我以前常常焚燒他們，那時候比現在好玩多了。」

「噢，我覺得快暈倒了。」牛奶哀號。

「我可不怕，」狗渾身發抖地說，「不過如果你們想逃跑……我也會跟著跑……非常樂意……。」

貓坐在一旁抽動鬍鬚，擺出一貫神祕的姿態說：「我知道事情的真相。」

「安靜。」光說，「仙子下了嚴令，你們都跟我一起待在墓園門口，孩子們得自己進去。」

諦諦不太開心，他問：「你不和我們一起去嗎？」

「不會。」光說，「時機未到，光還不能進入死者的世界。再說，也沒什麼好害怕。我不會走遠，凡是愛我及我愛的人，永遠都能再次找到我。」

她還沒說完，孩子倆身邊的景物全變了。奇妙的神殿、耀眼的花朵、璀璨的花園全都消失了，只見一處荒涼的鄉間墓園靜臥在柔和的月光下。離孩子們不遠的地方，立著幾座墳墓、雜草叢生的土堆、木製十字架和墓碑。諦諦和蜜諦驚恐地緊緊相擁。

「我好害怕！」蜜蒂說。

「我從來不會害怕。」諦諦結巴地說，雖然嚇得發抖卻不願意承認。

「唔，死人會很邪惡嗎？」蜜蒂問。

「不會吧。」諦諦說，「他們又不是活人……！」

「你有看過嗎？」

「有啊，很久以前看過一次，那時候我還很小……。」

「長什麼樣子？」

「鑾白的，動也不動，冷冰冰，不會說話……。」

「我們等一下會看到嗎？」

這個問題讓諦諦打了個冷顫，努力想穩住聲音回答但沒什麼用。

「當然會啊，光有說。」

「死人在哪裡？」蜜蒂問。

諦諦驚恐地四下張望，其實孩子們自從獨自留在這裡就不敢動彈。

「死人就在這裡。」他說，「在草堆或那些大石頭底下。」

「那些是他們房子的門嗎？」蜜蒂指了指墓碑問。

「對。」

「天氣好他們會出來嗎？」

「他們只能晚上出來。」
「為什麼？」
「因為他們穿睡衣。」
「下雨他們也會出來嗎？」
「下雨他們會待在家。」
「他們家裡漂亮嗎？」
「聽說很擠。」
「他們有小孩嗎？」
「有啊，那些死掉的小孩都是。」
「他們吃什麼過活呢？」
諦諦想了想，沒有馬上回答。身為蜜諦的哥哥，他認為自己應該要無所不知，但是她的問題常常難倒他。他思索著既然死者住在地底下，就不可能吃地面上的食物，於是他肯定地回覆：
「他們吃樹根！」
蜜諦很滿意這個答案，兜回那個佔據她小腦袋的大問題：
「我們會看見他們嗎？」她問。
「當然會啊。」諦諦說，「我一轉動鑽石，什麼都能看見。」

「他們會說什麼？」

蒂蒂不耐煩了起來：

「什麼都不會說，他們又不會說話。」

「為什麼不會說話？」蜜蒂問。

「因為沒什麼好說的啊。」蒂蒂問，愈來愈惱怒又暈頭轉向。

「為什麼沒什麼好說？」

這下，小哥哥完全失去耐心。他聳聳肩，推了蜜蒂一下，氣得大吼：

「你很煩！」

蜜蒂沮喪困惑極了。她吸著大拇指，打定主意再也不開口，誰讓哥哥對她那麼壞。但一陣風讓樹葉發出窸窸窣窣的聲音，孩子們突然又孤單害怕了起來。他們緊緊抱在一起恢復交談，這樣才不用忍受恐怖的沉默。

「你什麼時候要轉動鑽石？」蜜蒂問。

「你也聽到光說了，我必須等到午夜，因為這樣比較不會打擾他們，到時候他們會出來呼吸新鮮空氣……。」

「還沒到午夜嗎？」

蒂蒂轉頭看了看教堂的鐘，指針正要走向十二點，但他實在沒有勇氣回答。

「你聽。」他吞吞吐吐，「你聽，差不多要打鐘了……來了！你有聽到嗎？」

指針走向十二點。

蜜諦嚇得半死，開始跺腳尖叫：

「我想離開！我想離開！」

諦諦雖然也嚇得全身僵硬，還是努力開口說：

「現在還不行……我要轉動鑽石了……。」

「不要！不要！不要！」蜜諦哭喊，「哥哥，我好害怕，不要轉，我想離開這裡！」

諦諦想抬起手卻沒辦法，他根本碰不到鑽石，因為蜜諦使出全身力量抱緊他的手臂，還拼命放聲尖叫：

「我不想看到死人！他們一定很恐怖！我不行啦！我太太太害怕了！」

可憐的諦諦其實跟蜜諦一樣恐懼，但每經過一次試煉，他的意志和膽識就更強大，他學到了如何駕馭自己，再也沒有什麼事能阻礙他完成任務。第十一下鐘聲敲完了。

「十二點要過了！」他大喊，「就是現在！」

他果斷掙脫蜜諦的手臂，轉動了鑽石。

孩子倆隨後感到一陣可怕的寂靜，接著，他們看見十字架搖搖欲墜、墳塚崩裂、石板升起……。

蜜諦把臉塞進諦諦胸前。

「他們要跑出來了！」她大叫，「他們來了！他們來了！」

這種煎熬遠遠超過勇敢的諦諦能忍受的範圍。他緊閉雙眼，背靠著身旁的樹免得自己暈倒。他就這樣動也不敢動，也不敢呼吸，過了一分鐘卻感覺像一世紀那麼長。然後，他聽見了鳥叫聲，溫暖芬芳的微風拂過他的臉頰，他的雙手和頸間也感受到夏日和煦的陽光。他沒那麼害怕了，但還是不敢置信會有這樣的奇蹟。他張開眼睛，馬上開心地讚嘆。

崩裂的墳塚開出成千上萬明豔的花朵，漫山遍野，開在小徑中，開在林間，開在芳草上，花兒們向上長著長著彷彿就要碰到天際。他們都是盛放的玫瑰，露出美麗的金色花心，花心裡散發灼熱明亮的光芒，就是剛剛裹住諦諦的那一種夏日溫煦。玫瑰四周只見鳥兒輕唱，蜜蜂嗡嗡歡快飛舞。

「真不敢相信！怎麼可能！」諦諦說，「那些墳墓跟石頭十字架呢？」

孩子倆手牽手穿過墓園，眼花撩亂又百思不得其解，之前的景象已杳然無蹤，放眼望去只有美妙的花園。在可怕的驚嚇過後，他們實在太開心太快樂了，原先還以為會有醜陋的骷髏拉著一張猙獰的臉從地底爬出來追他們；他們想像過各式各樣恐怖的情境。此刻，真相就在他們面前，他們明白了以前人們說的都是編出來的故事，死亡根本不存在。他們明白了根本沒有死人，生命會不斷不斷延續，只是轉換成新的形式。逐漸枯萎的玫瑰灑下花粉，孕育了其他玫瑰，飄散的花瓣芬芳了空氣；樹上的花落了之後會結果；灰撲撲、毛茸茸的幼蟲會蛻變成斑爛的蝴蝶。萬物不滅，只是存在的形態不斷變化。

美麗的鳥兒圍繞著諦諦和蜜諦，當中並沒有青鳥，但孩子倆為了新發現開心不已，完全沒想到還要其他東西。他們驚奇歡喜地再三喊著：「死人不存在！死人不存在！」

第八章 森林

諦諦和蜜諦一上床躺好，光親了親他們後便立刻消失了，免得她美麗的身子隨時流洩的光芒打擾孩子們入眠。

約莫半夜，正夢見藍衣小孩的諦諦，突然覺得有隻毛茸茸的柔軟腳掌在他臉上來回摩娑。他嚇了一跳，有些害怕地在床上坐起來，但當他看清楚諦蕾在黑暗中閃閃發亮的眼眸，很快安心下來。

「噓！」貓在他耳邊說，「噓！別吵醒其他人。要是我們能成功偷溜出去不被發現，今天晚上就能抓到青鳥。噢，親愛的主人，我可是豁出性命籌備了這個計畫，我們一定能夠成功！」

「可是，」男孩親親諦蕾說，「光一定會很樂意幫我們……要是違背她我會很羞愧……。」

「如果你告訴她，就全毀了。」貓尖聲說，「相信我。照我說的做，我們會成功。」

她一邊說，一邊加快腳步幫蒂蒂和蜜蒂換好衣服。蜜蒂聽到他們的聲音，吵著要一起去。

「你又不懂。」蒂蒂埋怨，「你年紀太小了，不知道我們要做的是壞事……。」

奸詐狡猾的貓用歪理堵住蒂蒂的嘴，說他到現在還找不到青鳥都是光的錯，她總是自帶光芒，要是能讓孩子們在黑暗中獨自獵捕，他們一定很快就會找到所有能讓人類幸福的青鳥。叛徒的手段如此高明，不久，蒂蒂就覺得不聽光的話是好事。貓的一字一句都替他的行為找到好藉口，甚至添上幾分通情達理。他的意志力太薄弱了抵抗不了詭計，他被說服了，邁開堅定雀躍的步伐走出光的神殿。可憐的小傢伙，要是他能預知等在前頭的可怕陷阱就好了！

三人在皎潔的月光下動身穿過林野。貓似乎很興奮，話說個沒完，走得飛快，孩子們都快跟不上了。

「這次，」她宣布，「我們會抓到青鳥，一定會！我向古老森林裡所有的樹打聽過了，他們認識青鳥，因為牠就藏在樹林裡。為了讓大家共襄盛舉，我已經派兔子去召集境內重要的動物來與會了。」

一個小時後，他們來到黑漆漆的森林邊緣。他們剛要轉彎，就看見遠方好像有人急奔而來。貓拱起背，她覺得來的可能是她的死對頭。她氣得發抖：他又要來阻撓她的計畫？他猜到她的祕謀了？他打算在緊要關頭出現，拯救孩子們的性命？

她湊在諦諦耳邊，用最甜蜜的嗓音輕聲說：

「抱歉，是我們可靠的狗朋友來了。真是萬分遺憾，他的出現會妨礙我們達成目標。他跟大家的關係很差，甚至連樹也是。一定要叫他回去！」

「走開，你這個醜東西！」諦諦對狗揮舞拳頭。

忠誠的老諦洛是因為懷疑貓在搞鬼才趕來，這些無情的話讓他傷透了心。他快哭了，但因為剛才一路狂奔，他還有些喘不過氣，想不到該說什麼。

「我叫你走開！」諦諦又說，「我們不要你在這裡，就這樣，你很煩，快走！」

狗是服從的動物，要是其他時候諦洛早就聽話離開了；但他的心告訴他這件事很嚴重，於是他直挺挺站著。

「你允許他這樣不聽你的話？」貓低聲對諦諦說，「用你的棍子打他！」

諦諦聽從貓的建議揍了狗。

「好了，這下你總該學會聽話了！」他說。

可憐的狗挨了棍子痛得哀號，但他的自我犧牲沒有極限，他勇敢地走向小主人，抱住他大喊：

「你揍得好，我要親你！」

心地善良的諦諦一時不知如何是好，貓像野獸一樣咬牙切齒咒罵起來。幸好，親愛的小蜜諦替狗兒出面：

「不要，不要，我要他留下來。」她央求，「諦洛不在身邊我很害怕。」

時間不多了，他們得做出決定。

「我再想辦法擺脫這個白痴！」貓心想。她轉向狗，用最優雅的儀態說，「若您願意加入，我們十分榮幸！」

他們走進廣袤的森林，孩子倆緊緊相偎，貓和狗走在左右兩側。漆黑與寂靜讓他們心生畏懼，聽到貓大喊的時候他們鬆了一口氣：

「我們到了！轉動鑽石！」

霎時，四周光芒遍布，顯現美妙的景象。他們站在森林中心一塊圓形的大空地，一棵棵古老的樹木彷彿聳入雲霄。寬闊的林道在濃密的綠林間形成白色的星星圖案。萬物靜好。忽然間，樹葉怪異地抖動起來，樹枝像人的手臂那樣擺動伸展，樹根掀開覆蓋的泥土，慢慢聚攏，變成腿和腳的形狀站在地上。空中迴盪轟然巨響，樹幹迸裂，釋放出每棵樹的靈魂，看起來像是滑稽的人形。

有些樹靈緩緩從樹幹裡走出來，有些一躍而出，他們全都好奇打探地往諦諦和蜜諦聚過來。

愛說話的白楊樹像喜鵲一樣嘰嘰喳喳：

「是小人類！我們能和他們交談了！我們終於不用再沉默了。他們從哪來的？他們是誰？」

他嘰哩呱啦個沒完。

椴樹是個胖胖的樂天派，叼著菸斗和氣地晃過來。自命不凡打扮花俏的栗樹，一隻眼睛鎖上一只鏡片，直盯著孩子們看。他穿著一件繡滿雪白和粉紅花朵的綠色絲綢大衣。他覺得這兩個小朋友衣著太寒酸，嗤之以鼻地掉頭離開。

「從他搬進鎮上住，就以為自己多了不起！他鄙視我們！」白楊樹嘲諷地說，其實他頗嫉妒栗樹。

「噢天哪，天哪！」柳樹哭泣著說，他是個悲慘的小矮子，有些發育不良，穿著一雙過大的木屐踢躂踢躂地走來，「他們是來砍我的頭跟手去當柴燒！」

蒂蒂不敢相信眼前所見，不斷追問貓：

「這是誰？那又是誰？」

蒂蕾介紹他認識每一位樹靈。

榆樹是個愛發火抱怨、挺著大肚腩、容易喘吁吁的地精；山毛櫸是個風度翩翩又朝氣蓬勃的人；樺樹一身飄動的白衣和晃來晃去的姿態，讓它看起來就像夜之宮殿裡的鬼魂；最高的是冷杉，蒂蒂覺得很難看清楚在他瘦瘦高高身體最頂端的臉，但他看起來和藹又憂鬱；站在冷杉旁邊的柏樹一身黑衣，把諦諦嚇壞了。

不過，目前還沒發生什麼可怕的事。樹木們很高興能開口說話，全都聚在一起閒聊。正當諦諦打算問他們青鳥藏在哪裡的時候，突然，四周一片寂靜。樹木們恭敬地鞠躬行禮，退到一旁讓路給一棵無比古老的樹木，他穿著一襲繡滿苔癬和地衣的長袍。老橡樹的眼睛看不見，他一手拄著拐杖，另一手攙扶著幫他帶路的年輕橡樹苗。他長長的白鬍鬚隨風飄盪。

「是樹王！」諦諦看見老橡樹的槲寄生王冠，自言自語說，「我要問他這座森林的祕密。」

他正要走過去，馬上又驚又喜地停下腳步：青鳥就在他眼前，就坐在老橡樹肩頭的樹枝上。

「他有青鳥！」男孩興奮地大喊，「快！快！把青鳥給我！」

「安靜！閉上你的嘴。」一眾驚恐萬分的樹靈說。

「請脫帽，諦諦。」貓說，「這位是橡樹。」

可憐的孩子馬上面帶微笑照辦。當老橡樹問他是不是樵夫諦爾的兒子，他沒有意識到危險的威脅，毫不猶豫地回答：「是的，閣下。」

老橡樹立刻憤怒得渾身顫抖，嚴厲指控諦諦爸爸的罪狀。

「光是我的家族，」他說，「你父親就殺害了我六百個兒子、四百七十五個叔伯姨嬸、一千二百個堂表兄弟姊妹、三百八十個媳婦和一萬二千個曾孫！」

盛怒之下他講得是有一點誇張，但諦諦毫無異議地聽完，很有禮貌地問：

「不好意思，閣下，打擾了……但貓說您會告訴我們青鳥在哪裡。」

老橡樹很老了，老到對人類和動物的事瞭若指掌。他猜到這是貓設下的圈套，非常高興地捻鬚微笑，因為他早就想報復使整座森林淪為奴隸的人類。

「是為了碧露娜仙子的女兒，她病得很重。」男孩繼續說。

「夠了！」橡樹制止他，「我沒聽見動物的聲音……他們在哪？這事對他們和對我們同樣重要……等等必須發生的嚴厲手段，我們樹木不得獨自承擔重任。」

「他們來了！」冷杉說，越過其他樹梢遠望，「動物的靈魂都跟在兔子後面……我看見馬、公牛、閹牛、母牛、狼、綿羊、豬、山羊和熊……。」

所有動物都到了。他們用後腳站立，穿得跟人一樣。他們肅穆地依序在樹木間排成一個圓圈，唯二例外的是舉止輕佻的山羊，他在林道間蹦蹦跳跳，還有豬，希望能在剛剛出土的新鮮樹根當中找到美味的松露。

「都到齊了嗎？」老橡樹問。

「母雞在孵蛋不能來，」兔子說，「野兔出去跑步了，公鹿的犄角和雞眼在痛，狐狸病了，這是他的醫生證明……鵝聽不懂我們要幹嘛，火雞突然火冒三丈……。」

「你看！」諦諦悄聲對蜜諦說，「他們好好笑。他們就像有錢人家小孩聖誕節時擺在窗邊的精美玩偶。」

兔子尤其讓他們忍不住大笑。他的大耳朵上戴著一頂海盜那樣的三角帽，穿著藍色刺繡大衣，胸前還揹著鼓。

此時，橡樹正向樹木弟兄和動物們解釋情況。奸詐狡猾的諦蕾成功挑起了他們的恨意。

「你們眼前這個孩子，」橡樹說，「從地球的力量那裡偷走一個神奇法寶，所以有能力奪走我們的青鳥，竊取我們自生命起源以來一直守護的祕密……如今我們已足夠瞭解人類，也心知肚明毫無疑問一旦他掌握了祕密，會讓我們遭受何種命運……任何優柔寡斷都愚蠢又可恥……正是緊要關頭，我們必須除掉這個孩子，否則就來不及了。」

「他在說什麼？」諦諦問，他搞不懂老橡樹想表達什麼。

狗原本繞著老橡樹打轉，此時露出他的尖牙利齒。

「看見我的牙了嗎，你這個老瘸子？」他咆哮。

「他在侮辱橡樹！」山毛櫸憤慨地說。

「趕走他！」老橡樹生氣地大喊，「他是叛徒！」

「我就跟你說會這樣吧。」貓悄聲對諦諦說，「我會把事情安排好，但你得叫他走。」

「你趕快走開！」諦諦對狗兒說。

「讓我咬爛這個痛風老東西的苔蘚拖鞋！」諦洛懇求。

諦諦試圖阻止但沒有用。諦洛意識到主人有危險，更加怒不可遏，要不是貓想到把本來置身事外的常春藤叫過來，他原本可以成功救出小主人。狗像瘋子一樣衝過來跳過去，對每個人冷嘲熱諷。他辱罵常春藤：

「有種就來啊，你這團老渾球，就說你！」

旁觀者發出怒吼。橡樹見自己的權威被藐視，氣得臉色發白。樹木和動物們雖然氣急敗壞，但他們都很膽小，沒有人敢抗議。其實狗如果繼續造反，完全可以擺平所有人。可是諦諦對他疾言厲色，突然間，諦洛敗給了他溫順的本能，乖乖在主人腳邊趴下了。可見，要是我們沒有辨別能力就直接行使我們最可貴的美德，往往會變成他人眼中的錯誤。

從那刻起，孩子們便輸了。常春藤捆住可憐的諦洛，堵住他的嘴，把他帶到栗樹後方，綁在最粗的樹根上。

「現在，」橡樹用雷鳴般的嗓門喊，「我們能安靜商議了……這是有史以來我們首度有機會能審判人類！我們遭受了多少可怕殘酷的冤屈，我想，該對人類作出何等判決無庸置疑。」

眾人異口同聲大喊：

「死刑！死刑！死刑！」

起初孩子倆還搞不懂自己被判刑，因為樹木和動物更習慣用他們獨特的語言交談，音量又非常細微。再說，天真的孩子們也想不到他們會如此冷酷。

「他們怎麼了？」男孩問。「他們不高興嗎？」

「沒什麼。」貓說，「春天來遲了，他們覺得有點煩。」

她湊近諦諦耳朵不停說話，讓他對要發生的事分散注意力。

當這個相信他人的小夥子聽著貓的花言巧語時，其他人則在討論哪種處決方式最實際又最安全。公牛提議用牛角狠狠頂他們屁股；山毛櫸願意提供最高的樹枝吊死他們，常春藤已經在準備活結了；冷杉答應出四塊木板做棺材；柏樹同意讓出位置作為永久墓地。

「目前最簡單的方法，」柳樹低語，「是把他們扔到我其中一條河裡淹死。」

豬咬牙咕噥說：

「我看，最好吃掉這個小女孩……她的肉應該很嫩……。」

「肅靜！」橡樹大吼，「我們該決定的是，我們當中誰有這個榮耀第一個下手！」

「此等榮耀歸您，吾王！」冷杉說。

「哎，我太老了！」橡樹回，「我眼盲體弱，這榮耀歸你吧，我四季長青的兄弟，你來代替我，果斷動手讓我們獲得心靈的自由！」

但冷杉婉拒了這份光榮，推託說他能夠埋葬兩個祭品已經很快活了，唯恐其他人嫉妒。他舉薦山毛櫸，因為他的枝幹是最好的木棒。

「這可不行！」山毛櫸說，「你知道我身上有蛀蟲。問榆樹和柏樹吧！」

這時榆樹呻吟起來，說前天夜裡一隻鼴鼠害他扭傷大腳趾，他連站都站不直；柏樹也找藉口推辭，白楊樹也是，聲稱自己病得發燒還發抖。橡樹忍不住怒火中燒。

「你們都害怕人類！」他高喊，「即使是沒人保護、赤手空拳的小兒也讓你們懼怕！那好，我自個兒來，即便我是又老又瞎的風中殘燭，我也要力抗世世代代的宿敵！他在哪？」

他拄著拐杖一邊摸索著走向諦諦，一邊發出怒吼。

我們可憐的小朋友在剛剛那幾分鐘裡非常害怕。貓說要讓紛亂的心平靜下來，突然離開了諦諦，卻一直沒有回來。蜜諦窩在諦諦懷裡不斷發抖。他漸漸意識到身邊這群可怕的人的怒氣，他感到孤立無援也很不開心。當他看見橡樹來勢洶洶逼近自己，他像男子漢那樣拔出彈簧刀抵抗。

「那個老人拿著他的大棍子，是要來對付我嗎？」他喊著。

樹木一見到人類所向無敵的武器——刀子，全嚇得戰戰兢兢，連忙衝向橡樹阻止他。一陣拉拉扯扯後，老國王不敵歲月的負荷，體力透支地扔下拐杖。

「真是丟人！」他叱責，「太丟人了！讓動物替我們出面吧！」

動物們正等著呢！他們都想報仇。幸好，因為他們報仇心切爭成一團，反而讓諦諦跟蜜諦沒有馬上慘遭毒手。

蜜諦發出刺耳的尖叫。

「別怕。」諦諦竭力保護妹妹，「我有刀子。」

「小傢伙想戰到最後呢！」公雞說。

「我要先吃那一個！」豬貪婪地瞅著蜜諦。

「我對你們做了什麼？」諦諦說。

「什麼都沒做，小鬼，」綿羊說，「只不過是吃掉了我弟弟、兩個妹妹、三個叔叔、我阿姨、我爺爺和奶奶……你等著，等你倒下就會知道我也有牙齒。」綿羊和馬這兩個膽小鬼，就等著諦諦先被打倒，才敢上前分享戰利品。

他們還沒說完，狼和熊便狡猾地從背後發動攻擊，推倒了諦諦。真是恐怖的一刻。所有動物一見他倒地，全都撲了上來。男孩單腳跪起，揮舞刀子。蜜諦發出慘叫。雪上加霜的是，四周突然暗了下來。

諦諦瘋狂呼救：

「救命！救命！諦洛！諦洛！快來救我們！諦蕾你在哪裡？快來！快來！」

遠處傳來貓的聲音，她奸詐地躲在看不到的地方。

「我沒辦法過去！」她哀叫，「我受傷了！」

一直以來，英勇的諦諦奮力自我防衛，可是他寡不敵眾，覺得自己快被殺掉了，他用有氣無力的聲音再次喊：

「救命！諦洛！諦洛！我撐不住了！他們人太多了！有熊！還有豬！還有狼！還有冷杉！還有山毛櫸！諦洛！諦洛！諦洛！諦洛！」

狗兒拖著掙斷的藤蔓飛奔過來，一路用手肘撞開樹木和動物，擋在主人面前，怒氣沖沖地保護他。

「我在這，我的小天神！別怕！打扁他們！我很會用我的牙齒！」

樹木和動物們齊聲吶喊：

「內奸！白痴！叛徒！罪人！蠢蛋！卑鄙的東西！離開他！他死定了！過來我們這邊！」

狗持續奮戰：

「休想！絕不！我一個人對付你們全部！休想！絕不！我對小天神永遠忠誠，小天神最好、小天神最棒！當心，我的小主人，熊來了！小心那隻公牛！」

諦諦試著抵擋卻失敗了。

「我完蛋了，諦洛！我被榆樹擊中了！我的手在流血！」他倒在地上，「不行了，我再也撐不下去了。」

「他們來了！」狗說，「我聽到聲音！我們得救了！是光！得救了，得救了！瞧，他們怕了，正在撤退！我的小國王，我們得救了！」

確實，光正朝他們走來，黎明隨之在森林上方升起，明亮如白晝。

「怎麼了？發生什麼事了？」她看見小朋友們和諦洛身上布滿傷痕和瘀青，頗為驚慌，「噢，可憐的孩子，你真傻，快轉動鑽石呀！」

諦諦趕忙照辦。所有樹靈立刻回到自己的樹幹裡，樹幹隨即閉闔。動物的靈魂也消失了，只剩下一頭母牛和一隻綿羊在遠處平靜地吃草。森林再度變得無害。諦諦驚訝地環顧四周。

「沒事了。」諦諦說，「多虧了狗兒……要是我沒帶刀的話可就……。」

光覺得他已經吃夠苦頭，沒有再責備他。而且，她心裡也很難過諦諦竟然碰上這麼可怕的危險。

諦諦、蜜諦和狗兒很高興彼此安然無恙，瘋狂地親來親去，笑著數身上並不太嚴重的傷口。

只有貓大驚小怪。

「狗弄斷了我的腳掌！」她喵喵叫。

諦洛心裡真想撂狠話反擊回去。

「算了！」他說，「以後再說。」

「別煩她可以嗎，你這醜八怪！」蜜諦說。

歷劫之後，我們的朋友們回到光之神殿休息。諦諦很懊悔自己沒有聽話，根本不敢提他曾驚鴻一瞥看到青鳥。光溫柔地對孩子們說：

「親愛的，要記住這次教訓，在這個世界上獨獨人類敵對萬物。謹記啊！」

第九章　道別賦歸

自從孩子們踏上旅程，已經過了好幾個月又好幾週，離別的時刻愈來愈近了。光這陣子很惆悵，滿懷憂傷地數著日子，對動物和東西們不發一語，他們並不曉得威脅著他們的不幸。

在我們最後一次看見他們的這天，他們全都在神殿的花園裡。光站在大理石露台上望著他們，諦諦和蜜諦在她身旁熟睡。過去十二個月來發生了好多事，但是動物和東西的生命因為缺乏智慧的指引，反而毫無長進。麵包吃得太多胖到沒辦法走路；水忠貞不貳地拖著坐在沐浴椅上的麵包到處走；火的爛脾氣讓他跟每個人都吵過架，結果他變得孤家寡人又悶悶不樂；沒有主見的水最終敗給了糖甜言蜜語的懇求，他倆結婚了；婚後的糖看起來慘到不能再慘，這個可憐的傢伙形銷骨立，一天天明顯地縮小，但還是蠢到不行；而婚後的水則失去了她最大的魅力，也就是她的單純；貓一如既往愛說謊；我們親愛的朋友諦洛始終無法克服對貓的憎恨。

「這些可悲的東西！」光嘆了口氣，心裡想著，「他們雖然獲得了生命，卻沒有成長多少。他們行過了萬里路，可在我寧靜的神殿裡，他們卻對圍繞在身邊的美好視若無睹，不是彼此吵架，就是暴飲暴食直到生病為止。他們愚昧得無法享受幸福，不久之後他們會第一次體認到什麼是幸福，但那也是即將失去它的時候……。」

此時，一隻有著銀色翅膀的美麗鴿子飛落她的膝頭。鴿子的頸間戴著翡翠項圈，扣環上繫了一封信箋，牠是碧露娜仙子的信差。光拆開信，唸出上面的隻字片語：

「莫忘一年已逝。」

於是她起身，揮動魔杖，一切景物從眼前消失無蹤。

幾秒後，一行人聚集在一道高牆外，牆上有扇小門。黎明的曙光將樹梢染得金黃。光原本慈愛地用手臂撐著熟睡的諦諦和蜜諦，此時他們也醒了，揉了揉眼睛，驚訝地環顧四周。

「怎麼？」光對諦諦說，「你不認得那道牆和那扇小門了嗎？」

睡眼惺忪的男孩搖了搖頭，他什麼都想不起來。光幫他恢復記憶：

「那道牆圍繞著一間屋子，一年前的今天，我們在夜裡離開了那棟小屋……。」

「一年前？啊……那……」諦諦開心地拍手跑到門前，「我們離媽媽好近！我要馬上親她，馬上馬上！」

但光攔住他，說現在還太早，孩子們的爸爸媽媽睡得正香，可別驚醒他們。

「再說，」她繼續說，「要等時間到了門才會打開。」

「什麼時間？」男孩問。

「離別的時間。」光傷感地回答。

「什麼？」蒂蒂非常難過地說，「你要離開我們了？」

「我不得不走，」光說，「一年過去了。仙子會回來跟你要青鳥。」

「可是我還沒有抓到青鳥！」蒂蒂大喊，「思念之境的變成黑色了，未來之國的飛走了，夜之宮殿的死掉了，墓園那些鳥又不是藍色的，我也沒抓到森林裡那一隻青鳥。仙子會生氣嗎？她會怎麼說？」

「沒關係，親愛的，」光說，「你已經盡力了。雖然你沒有找到青鳥，但你值得獲得牠，因為你展現出善良、膽識和勇氣。」

光說這段話時，臉上散發幸福的光輝，因為她明白：證明自己值得找到青鳥，幾乎等同於真正獲得了青鳥；但她不能道破這些，蒂蒂必須自己領悟這個美妙的奧祕。她轉身看站在角落哭泣的動物和東西們，叫他們過來親親孩子倆。

麵包立刻把鳥籠放在蒂蒂腳邊，開始演講：

「謹代表所有人名義，在此徵求允許……。」

「你不能代表我！」火大喊。

「秩序！」水大聲說。

「我們有舌頭可以自己說！」火大吼大叫。

「沒錯！沒錯！」糖尖聲高喊，他知道自己命在旦夕，在大家眼前一直親吻水，同時一點一滴地溶化。

可憐的麵包聲嘶力竭，還是壓不過眾人的喧嘩。光只好插手命令大家安靜。麵包說出最後的心聲：

「我要離開你們了。」他啜泣著說，「親愛的孩子們，我要離開了，你們再也見不到我活著的模樣……你們的雙眼就要看不見東西隱形的生命了。但我永遠都會在，在麵包模具裡，在架上，在桌上，在湯的旁邊。請容我這麼說，我本人，是最忠實的夥伴，是人類最古老的朋友……。」

「哼，那我呢？」火氣憤地大喊。

「安靜！」光說，「時間在流逝……快跟孩子們說再見……。」

火往前衝輪流握緊孩子們的手，猛烈親吻他們，害他們痛得大叫：

「噢！噢！他燙到我了！」

「噢！噢！我的鼻子燒焦了！」

「讓我吻一下那裡就會沒事了。」水溫柔地走向孩子們。

水的眼裡湧出一道眼淚瀑布，周遭都淹水了。

火逮到機會。「小心啊！」他說，「你們會濕掉。」

「我溫柔又體貼，」水說，「我對人類可仁慈了。」

「那些被你淹死的人呢？」火問。

水假裝沒聽見。

「珍愛那些水井，聆聽那些小溪，」她說，「我永遠都會在。當你傍晚坐在清泉旁邊，請試著聽懂泉水想說的話……。」

這時她不得不打住，因為她眼裡湧出一道眼淚瀑布，周遭都淹水了。但她繼續往下說，「看到水瓶時要想起我……還有這些地方也能找到我，像是水罐、澆水器、水槽和水龍頭……。」

接著換糖一跛一跛地上前，他已經快站不住了。他用感人肺腑的聲音說了一些傷感的話，然後就頓住了，因為他覺得掉眼淚跟他的個性實在太違和了。

「甜言蜜語的騙子薄荷糖！」麵包喊。

「甜言蜜語的小糖球！棒棒糖！焦糖！」火嚷嚷。

大夥都笑了，除了孩子倆，他們非常傷心。

「諦蕾跟諦洛去哪了？」我們的小英雄問。

這時，貓狼狽地跑過來。她蓬頭垢面，寒毛直豎，衣服也扯破了，臉頰還摀著一條手帕，活像牙齒在痛。她發出淒慘的呻吟，狗在後頭緊追不捨，對她連咬帶揍加上踢，

狗在後頭緊追不捨，對她連咬帶揍加上踢，讓她驚慌失措。

讓她驚慌失措。其他人趕忙擋在中間想隔開他們，但這兩個死對頭依然互相辱罵、怒目相視。貓指責狗拉她尾巴、在她飯裡放圖釘，還打她。狗只是不斷咆哮，一概否認做過這些事。

「知道厲害了吧？」他還不住口，「知道厲害了吧，還有得你受的！」

突然，他不叫了，只見他舌頭發白激動地喘氣，因為光剛剛要他最後一次親親孩子們。

「最後一次？」可憐的諦洛連話都說不清楚，「我們要跟孩子倆分開了嗎？」

他悲傷到什麼都不懂也不在乎了。

「是的。」光說，「你明白那個時間就要到了……我們要回復原狀無法言語了。」

於是，狗突然意識到自己的不幸，絕望地嚎啕大哭，撲向孩子們瘋狂地又親又抱。

「不要，不要！」他大叫，「我拒絕！我拒絕！我想要一直能夠說話……我會很乖很乖……你們會把我帶在身邊，我會學到怎麼讀書寫字還有玩骨牌！我會一直很乾淨，也永遠不會再偷廚房裡的東西……。」

他跪倒在兩個孩子面前，哭泣哀求。看諦諦滿眼淚水卻還是不發一語，諦洛最終想到一個冠冕堂皇的舉動：他跑向貓，露出看來像在齜牙咧嘴的微笑，說要親她。諦蕾可沒有他那種自我犧牲的精神，往後一跳躲在蜜諦身邊。蜜諦天真地說：

「諦蕾，只剩下你還沒有親親我們了。」

貓虛情假意地說：
「孩子們，你們有多值得我愛，我就愛你們那麼多。」
一陣短暫的沉默。
「現在，」光說，「該我最後一次親親你們了。」
說完，她用薄紗裹住孩子們，彷彿是用她神奇的光芒最後一次庇佑他們。然後，她各給了他們一個深情的長吻。諦諦和蜜諦緊拉著她懇求。
「光，別走，別走！」他們大喊，「留下來陪我們！爸爸不會有意見，我們會跟媽媽說你對我們有多好……你一個人要去哪呢？」
「我不會走太遠，孩子們。」光說，「我會去萬籟俱寂之境。」
「不要，不要，」諦諦說，「我不會讓你走。」
但光以母親般的姿態讓他們安靜下來，並且說了一段讓他們永生難忘的話。很久以後，當他們變成了老爺爺和老奶奶，諦諦和蜜諦仍然記得這段話，並且經常一遍遍說給孫子們聽。
光這段感人的話語是：
「聽我說，諦諦。孩子，你記住，你所見的世間萬物沒有開始也沒有結束。如果你將這個念頭永遠記在心裡，讓它伴隨你成長，未來無論你遭遇什麼處境，你永遠都會懂得應該說什麼、做什麼、盼望什麼。」

諦諦和蜜諦哭了起來，光又慈愛地繼續說：

「別哭了，親愛的孩子。我沒有水那樣的嗓音，我只有人類無法理解的光明智慧……但我始終照拂著人類，直到你們臨命終時……千萬別忘了我一直在和你們說話，透過每晚普照大地的月光、每顆閃爍的星光、每日初昇的晨光、每盞點亮的燈火，還有每一絲你自性裡良善光明的心念。」

此時，小屋裡爺爺的鐘敲響了八下。光停頓了一會兒，然後用突然愈來愈微弱的聲音低聲說：

「再見了，再見，時間到了，再見！」

她的薄紗漸漸模糊，笑容愈來愈黯淡，眼睛緩緩闔上，形體也消失了。孩子們在淚眼矇矓間，只見到一絲微弱的光線在腳邊慢慢淡去。他們轉頭看其他人，也早已杳無蹤影。

第十章　如夢初醒

樵夫的小屋裡，爺爺的鐘剛剛敲響了八下。諦諦和蜜諦還在他們的小床上熟睡。諦諦媽媽將圍裙掖在腰上，雙手叉腰，站在床邊看著孩子倆，好氣又好笑地說：

「我可不能讓他們一路睡到中午。快起床，你們這兩隻小懶惰蟲！」

但不管她怎麼搖、怎麼親，或是把棉被拉開都沒用，他們老是倒回枕頭上，鼻子朝向天花板，嘴巴張得大大的，雙眼緊閉，臉頰泛紅。

最後，媽媽在諦諦肋骨輕輕捶了一下，他總算睜開眼睛，喃喃唸著：

「怎麼了？光？你在哪裡？不，不，你不要走……。」

「光？」媽媽大笑著說，「當然有光啦，天都亮多久了！你怎麼了？你好像看不見啊……」

「媽媽！媽媽！」諦諦揉揉眼睛說，「是你！」

「當然是我啊。你為什麼這樣盯著我看？難道我的鼻子顛倒了？」

這時諦諦已經完全醒了，根本沒想到要回媽媽的話，他高興得快瘋了！他已經好久好久沒有見到媽媽，抓著媽媽百親不厭。

媽媽心裡有點不安。怎麼回事？她兒子瘋了嗎？他突然開始講起自己去遠行，跟他一起去的有仙子、水、牛奶、糖、火、麵包和光。他以為已經離家一整年了！

「可是你沒有離開過房間啊！」媽媽大聲說，她快被諦諦嚇瘋了。「我昨晚看著你上床睡覺，今天早上你人好端端在這裡！今天是聖誕節，你沒聽到村裡的鐘聲嗎？」

「當然是聖誕節啊。」諦諦固執地說，「我是一年前的聖誕夜離開的。你沒有生我的氣吧？是不是很傷心？爸爸有說什麼嗎？」

「過來，你是不是還沒醒！」媽媽試著安撫自己，「你一定是在作夢！快起床，穿上你的褲子和夾克。」

「唉呀，我已經穿好襯衫了！」諦諦說。

他跳起來跪在床上開始換衣服，媽媽一臉驚恐地看著他。

小男孩滔滔不絕地說：

「如果你不相信我，可以問蜜諦。我們冒了好多險！我們見到爺爺奶奶，對，就在思念之境，就在半路上。他們死了，但他們過得很好，對吧，蜜諦？」

慢慢醒來的蜜蒂，也加入哥哥描述起拜訪爺爺奶奶的事，還和他們的小弟弟小妹妹們玩得好開心。

媽媽快受不了，她衝到門邊，使出全力叫喚正在森林邊緣工作的丈夫。

「噢老天，老天，」她大喊，「我會失去這兩個孩子，就像其他孩子一樣。快！快回家！」

爸爸很快回到了家裡，手裡還拎著斧頭。他一邊聽妻子悲傷嘆息，兩個孩子一邊重講了一遍冒險的故事，還問他這一年裡做了些什麼事情。

「看吧！看吧！」媽媽哭著說，「他們兩個腦袋不清楚了，一定會出事，快去請醫生來。」

但樵夫不是會因為一點風吹草動就大驚小怪的人。他親了親孩子們，冷靜地點燃菸斗，聲明他們看起來好得很，不用著急。

就在此時，傳來一陣敲門聲，鄰居走了進來。她是一位拄著拐杖的嬌小婦人，長得非常像碧露娜仙子。孩子們馬上撲過去環抱她的脖子，圍著她蹦蹦跳跳，開心地大喊：

「是碧露娜仙子！」

鄰居有些重聽，沒注意到他們的大喊，向蒂蒂媽媽開口說：

「我是來借一些柴火，聖誕節想燉點菜。今天早上真的好冷……早安啊，孩子們。」

這時，諦諦已經變得比較深思熟慮了。能再次見到老仙子他當然很高興，但等她聽到自己沒有抓到青鳥會說什麼呢？他像個男子漢般下定決心要先說出實情，勇敢地走過去：

「碧露娜仙子，我沒有找到青鳥……。」

「他說什麼？」鄰居吃驚地問。

這下諦諦媽媽又開始煩惱了。

「諦諦，你不認識碧靈果太太了嗎？」

「有啊，當然，」諦諦說，上下打量著鄰居奶奶，「她是碧露娜仙子。」

「碧……什麼？」鄰居問。

「碧露娜。」諦諦沉著地回答。

「是碧靈果，」鄰居說，「你是說碧靈果。」

她肯定的語氣讓諦諦不太高興，他回答：

「隨您的便，女士，碧露娜也好，碧靈果也好，但我知道自己在說什麼……。」

諦諦爸爸開始有點不耐煩。

「不能再讓他們這樣下去，」他說，「我來打他們幾個耳光。」

「別這樣。」鄰居說，「不值得。他們只是有點在做白日夢，一定是睡覺時照到月光了。我那病得很重的小女兒，也經常那樣。」

諦諦媽媽暫時擱下心中的煩憂，詢問起鄰居碧靈果太太小女兒的健康狀況。

「勉勉強強。」鄰居搖搖頭說，「她沒辦法下床……醫生說是神經系統的問題……話雖如此，我知道什麼能治好她，她今天早上才向我要這個東西做聖誕禮物。」

她有些猶豫，看著諦諦嘆了口氣，又用心灰意冷的語氣說：

「我能怎麼辦？她心心念念都是那個東西……。」

大家都知道鄰居的話代表什麼意思，卻面面相覷，鴉雀無聲。她的小女兒總說，如果諦諦願意把鴿子給她，她的病就會痊癒；但諦諦實在太愛那隻鳥了，不願意和牠分離。

「嗯，」諦諦媽媽對兒子說，「你要不要把鳥送給那個可憐的小孩？她一直非常想要那隻鳥，想很久很久了。」

「我的鳥兒！」諦諦大喊，用手拍了下額頭，彷彿他們說了什麼不得了的話。「我的鳥兒！」他重複著，「沒錯，我都忘了！還有籠子！蜜諦，你有看到鳥籠嗎？就是麵包先生提著的那個……對，對，是同一個，在那邊，找到了！」

諦諦簡直不敢相信自己的眼睛。他搬了張椅子放在鳥籠下方，愉快地爬上去，邊說著：

「當然好，我會把這隻鳥送給她，我當然願意！」

他突然停住，驚訝不已。

「這就是我們在找的青鳥！
我們走了好多好多好多里路，結果牠一直在這裡！」

「怎麼可能，牠是藍色的！」他說，「是我的鴿子沒錯，一模一樣，可是牠在我離開的時候變成藍色了！」

我們的英雄跳下椅子，高興得蹦蹦跳跳歡呼：

「這就是我們在找的青鳥！我們走了好多好多好多里路，結果牠一直在這裡！牠就待在家裡！噢，這真是太美好了！蜜蒂，你看見青鳥了嗎？光會說什麼呢？來，碧靈果太太，快把牠帶回家給你的小女兒……。」

諦諦說話時，他媽媽倒在丈夫懷裡哀號。

「看吧，看吧，他又發病了，他神智不清了……。」

此時，鄰居碧靈果太太笑容滿面，雙手合十喃喃道謝。當諦諦把鳥交給她，她簡直難以置信。她緊緊抱住男孩，歡喜又感激地流下眼淚。

「你要給我？」她不停問，「你就這樣直接送我、什麼回報都不要嗎？我的天哪，她會多開心呀！馬上、我馬上拿去！我再告訴你她的反應……。」

「好啊，好啊，快去吧！」諦諦說，「因為有些青鳥顏色會改變。」

鄰居碧靈果太太跑了出去，諦諦把門關好，然後轉過身來，看著小屋的牆壁，環顧四周，似乎滿是驚奇。

「爸爸，媽媽，你們對房子做了什麼？」他問，「雖然是原本的房子，可是漂亮多了！」

他的父母一頭霧水地對望。小男孩繼續說：

「對啊，所有地方都重新粉刷過了，看起來跟新的一樣。一切都乾乾淨淨又亮晶晶……看看窗外的森林！多麼廣闊多美啊！讓人覺得也像新長的！我在這裡覺得好幸福，我好幸福呀！」

樵夫與妻子搞不清楚他們的兒子怎麼了；可是你，我親愛的讀者，跟隨諦諦和蜜諦經歷了美妙的夢境，一定猜得到是什麼改變了我們年輕小英雄看待事物的觀點。

在夢裡，仙子送給他拓展視野的神奇法寶果然有其妙用。他學會如何欣賞身邊萬事萬物之美；他通過了試煉，滋長了勇氣；當他在尋找能帶給仙子小女兒幸福的青鳥時，他也變得慷慨大方又仁慈善良，光是想到要帶給別人快樂，就讓他心裡充滿喜悅；同時，旅行過那些無窮無盡、美妙無比的夢幻之地，也讓他的頭腦更願意向生命敞開。

男孩覺得每件事都更美了，他是對的，因為當他對事物的理解更豐富更純粹，萬事萬物想必也會比之前更加百般美好。

此時，諦諦繼續愉快地在小屋裡巡視。他俯身看著麵包模具，對麵包們說好話；他衝向在籃子裡睡覺的諦洛，稱讚他在森林裡打了很棒的一場架。

蜜諦也蹲下來撫摸諦蕾，貓正在爐邊打瞌睡。蜜諦說：

「諦蕾？我知道你認識我，可是你已經不會說話了。」

然後諦諦伸手摸了摸額頭。

「唉呀！」他大喊，「鑽石不見了！是誰拿走我的綠色小帽子？算了，反正我不要了！啊，火在那兒！早安啊，先生！他又會嗶嗶剝剝惹水生氣了！」他跑去擰開水龍頭彎下腰說：「早安啊，水，早安！她說什麼？她還是會說話，只是我不像以前那樣聽得懂了……噢，我好幸福，我好幸福！」

「我也是！我也是！」蜜諦喊。

諦諦和蜜諦牽起彼此的手，繞著廚房跑跑跳跳。

媽媽看見他倆活力十足的模樣，稍微放心了些。再說，爸爸一直很冷靜沉著，坐在那笑著吃粥。

「你瞧，他們在玩假裝幸福的遊戲！」他說。

當然，這個可憐的好人並不曉得，一場美妙的夢境早已教會他的孩子們不要玩假裝幸福的遊戲，而是要真正活出幸福，這可是最重要也最難學會的課題。

「我最喜歡光了！」諦諦對蜜諦說，他踮著腳尖站在窗邊。「你看她就在那裡，穿透過森林的樹。今夜，她會出現在油燈裡。天哪，天哪，這一切多麼美好，我覺得好快樂，好快樂啊。」

他停下來聽著。一家人都側耳諦聽。他們聽見歡聲笑語，愈來愈近。

「是光的聲音！」諦諦大喊，「我來開門！」

其實，是小女孩還有她媽媽，鄰居碧靈果太太。

「看看她，」碧靈果太太喜不自勝地說，「她能跑步，能跳舞，能飛躍！這真是奇蹟！她一看到那隻鳥，就跳了起來，像這樣……。」

碧靈果太太用單腳交替跳著，冒著摔斷她那長長鷹勾鼻的風險。

孩子們拍起手來，大家都笑了。

小女孩穿著白色長睡袍，站在廚房中央，她也有點驚訝自己病了好幾個月，竟然又能站起來走動。她微笑著把諦諦的鴿子擁在心口。

諦諦先看了看她，又看向蜜諦：

「你不覺得她長得很像光嗎？」他問。

「她個子小很多。」蜜諦說。

「是沒錯。」諦諦說，「但她會長大呀！」

三個孩子試著往鳥嘴上放食物餵牠。父母們心頭也輕鬆多了，微笑望著他們。

諦諦容光煥發。親愛的讀者，我不會蒙蔽你們，事實上那隻鴿子根本沒有改變顏色，是喜悅和幸福妝點了牠，讓牠在諦諦眼中長出神奇絢麗的藍色羽毛。不要緊！諦諦已經在不知不覺間發現了光最大的祕密——帶給別人幸福，我們也會更靠近幸福。

這時發生了意外。大家全都激動起來，孩子們放聲尖叫，爸爸媽媽們手足無措衝到敞開的門邊。原來，那隻鳥突然逃走了！牠拼命振翅飛遠了。

「我的鴿子！我的鴿子！」小女孩啜泣著說。

諦諦第一個跑向樓梯，又洋洋得意地走回來：

「沒關係！」他說，「別哭！牠還在屋裡，我們會再找到牠的！」

他吻了小女孩一下，她已經破涕為笑了。

「你一定能再抓到牠，對不對？」她問。

「相信我。」諦諦保密地悄聲回答，「我知道牠在哪裡。」

親愛的讀者，如今你也知道青鳥會在哪裡。光並未對樵夫的孩子們透露答案，她只是藉著教導他們保持善良、仁慈與慷慨，為他們指引了一條通往幸福的路。

倘若，故事一開始她就告訴他們：

「直接回家吧，青鳥就在那裡，就在簡陋的小屋、在柳條鳥籠裡，跟愛你的爸爸媽媽在一起。」

孩子們絕對不會相信她。

「什麼？」諦諦會回說，「青鳥就是我的鴿子？亂講。我的鴿子是灰色的！幸福就在小屋裡？跟爸爸媽媽在一起？噢，我說，家裡連玩具都沒有無聊死了，我們想去遙遠的地方，經歷刺激非凡的冒險，還有各種好玩的事情……。」

他一定會這麼說。他和蜜諦會不顧一切出發，根本不會聽從光的建議。因為如果我們不親身實踐體驗，那麼再確切的真理也毫無意義。要告訴一個孩子世上所有的智慧不用太長時間，但我們的一生卻短得不足以讓我們理解箇中的醍醐味，因為我們自身的體會，就是我們唯一擁有的光。

我們都得靠自己找到幸福，得要忍受無盡的痛苦，承受許多殘酷的失望，才能學會如何變得快樂；而那來自於懂得欣賞生命裡簡單完美的妙趣，他們就在我們的心念裡，永遠近在咫尺，從來無須遠求。

Part 2
劇本版

劇中人物（依出場順序）

諦諦的媽媽
諦諦
蜜諦
碧露娜仙子
時辰
麵包
火
水
牛奶
糖
公狗諦洛
母貓諦蕾
光
諦諦的奶奶
諦諦的爺爺
皮耶侯
侯貝
尚
瑪德蓮
皮耶赫特
寶琳
熙格特
夜
睡眠
死神
鼻炎
青衣兒童一——九
九大行星國王
青衣兒童十——十四
小女孩情人
小男孩情人
時間

將出生的小弟弟
其他青衣兒童
女守護人[1]
肥胖幸福的頭頭
其他幸福
幸福兒童
青少年
幸福的頭頭
健康幸福
清新空氣幸福
孝敬父母幸福
藍天幸福
森林幸福
陽光時刻幸福
春天幸福
夕陽幸福
看星星升起幸福
雨天幸福
冬天爐火幸福
無邪思想幸福
赤腳在露珠上跑幸福
正義歡樂
善良歡樂
光榮歡樂
思想歡樂
明白歡樂
看美麗事物歡樂
愛情歡樂
母愛
未知歡樂
鄰居碧靈果
小女孩

1 編按：女守護人、肥胖幸福的頭頭，在劇本正文裡沒有出現，作者列出的人物表與內文的人物略有差異。

服裝

諦諦：佩侯童話中小拇指[2]的穿著：鮮紅外套、粉藍短褲、白長襪、淺黃褐色皮鞋或短筒靴。

蜜諦：格蕾辛[3]的服裝，或是小紅帽的服裝。

光：月亮顏色的裙衫，能像光線一樣反射出銀輝的淡金色羅紗裙衫。新希臘風格，或是沃爾特．克蘭[4]那種盎格魯希臘風格，或甚至多少帶有第一帝國時期的樣式。高腰、裸露雙臂。頭戴王冠，或是較輕盈的冠冕。

碧露娜仙子、**鄰居貝蘭戈**：童話故事中貧窮女人穿的古典服裝。第一幕裡仙子變公主的那一景可以省略不演。

諦諦的父母親、**祖父母**：格林童話中德國農民、樵夫的傳統服裝。

諦諦的兄弟姊妹：依小拇指的服裝做各種變化。

時間：時間的古典服裝，黑色或深藍色大斗蓬，飄飄然的白鬍子、鐮刀、沙漏。

母愛：和「光」打扮有點像，也就是說像希臘雕像那般柔軟、近乎透明的寬大薄

2 Hop O' My Thumb故事中的主人翁，是七兄弟中最年幼的孩子，身材很矮小卻最有膽識，成功幫助六個哥哥逃離食人魔。

3 譯注：格蕾辛（Grethel），或譯做「甘淚卿」或「瑪甘淚」，是歌德《浮士德》中浮士德的情人。

4 譯注：沃爾特．克蘭（Walter Crane, 1845-1915），英國維多利亞時期的畫家，倡導兒童彩繪圖書。

紗，顏色越白越好。珍珠、寶石佩戴滿身，只要不破壞整體的和諧，並呈現出純淨與天真之感。

各種歡樂：一如內文所述，明亮的裙衫，柔和、怡人，帶有初醒的玫瑰、水波的微笑、琥珀的滋潤、清晨的穹蒼等色調。

各種家庭幸福：各種不同顏色的裙衫，或者也可以是農民、牧羊人、樵夫等的服裝，不過要理想化、帶有仙氣。

各種肥胖幸福：在變形前，是紅黃兩色、寬大厚重的錦緞斗蓬，身上的珠寶也是又大又沉；在變形後，是咖啡色或巧克力色的緊身衣，彷彿套著一層膜的人偶。

夜：寬大的服裝，綴滿神祕的星星，散發出金褐色的光輝。戴深色罌粟花顏色的面紗。

鄰居的小女孩：閃亮的金髮，白色的長裙衫。

公狗：紅衣服、白短褲、漆皮長靴、油布帽子，多少會讓人想起約翰牛[5]。

母貓：綴著亮片的黑色絲綢緊身衣。（這兩個角色的頭、臉最好是表現出狗、貓的樣子。）

5 譯注：約翰牛（John Bull），是英國的擬人化形象，源自於一七二七年蘇格蘭作家約翰．阿布斯諾特（John Arbuthnot, 1667-1735）出版的諷刺小說《約翰牛的生平》。約翰牛是一個頭戴高帽、足蹬長靴、手持雨傘的矮胖紳士。

麵包：像帕夏[6]穿的那種華麗服裝。寬大的絲綢裙衫，或是織上金線的朱紅色絲絨裙衫。戴頭巾。佩彎刀。大肚子。紅色的臉蛋胖乎乎。

糖：絲綢裙衫，有點像閹人的穿著。半白半藍，讓人想起包一大塊糖的包裝紙。髮式也像是看守後宮的閹人。

火：紅色緊身衣，織上金線的豔紅色斗蓬，光芒閃爍。頭戴五顏六色的火焰狀羽飾。

水：驢皮公主故事中的裙衫，也就是像水波蕩漾的近青色或海藍色的透明薄紗，也帶有新希臘，或是盎格魯希臘的風格，不過更寬大、更飄逸。頭戴鮮花、水草或蘆葦。

各種動物：一般民間服裝，或農民服裝。

各種樹：衫裙，色調深淺不一的綠色或樹幹色。樹葉、樹幹要讓人可以辨識是什麼樹。

6 譯注：帕夏（pacha），鄂圖曼帝國行政系統裡的高級官員，通常是總督、將軍及高官。帕夏是敬稱，相當於英國的勳爵。

第一幕

第一景　樵夫的小屋

——樵夫的小木屋內，陳設簡單、帶有鄉村風格，不過沒有窮困的樣子

——壁爐裡燒著柴火

——屋子裡有廚房器具、衣櫃、麵包箱、老爺鐘、紡紗機、水龍頭等等。一張桌上的檯燈亮著

——衣櫃下，公狗和母貓分踞兩側，他們的鼻子藏在尾巴下，蜷成一團睡著覺。在貓狗之間有一大塊白色、藍色的糖

——牆上掛著一個圓形鳥籠，裡面關著一隻斑鳩

——屋子最後面有兩扇窗，都闔上了窗板

——窗前有一把矮凳

——左邊是房子的大門，門上有個大門閂

——右邊有另一個門

——有道扶梯通上閣樓

——同樣在右邊，有兩張兒童床，床頭放著兩把椅子，上面衣服折疊整齊

幕啓時，諦諦和蜜諦在兒童床上沉沉睡著覺。他們的媽媽最後一次幫他們蓋好被子，俯身看他們，看了好一會兒。他們的爸爸從半開的門裡探出頭來，她用手向他示意，把一根指頭放在嘴上，要他別作聲。然後她熄了燈，踮著腳從右邊的門出去。舞台上保持黑暗。不一會兒有光線漸漸從百葉窗的隙縫中滲入，愈來愈亮。桌上的燈又自行亮了起來。兩個孩子似乎醒了，在床上坐了起來。

諦諦：蜜諦？

蜜諦：諦諦？

諦諦：你在睡覺嗎？

蜜諦：你呢？

諦諦：沒有，我沒睡，我不是在跟你說話嗎？

蜜諦：聖誕節到了，對吧？……

諦諦：還沒到呢，是明天。不過今年聖誕老人不會給我們禮物……

蜜諦：為什麼？

諦諦：我聽媽媽說，她沒到城裡去通知他……不過他明年會來……

蜜蒂：明年，還很久吧？……

諦諦：是很久……不過他今天晚上會到有錢人家的孩子家裡去……

蜜蒂：真的嗎？……

諦諦：呀！……媽媽忘記熄燈了！……我有個點子……

蜜蒂：什麼點子？……

諦諦：我們馬上起床……

蜜蒂：媽媽不准。

諦諦：現在又沒人……你看看百葉窗。

蜜蒂：啊，好亮啊！……

諦諦：這是節日的燈光。

蜜蒂：什麼節日？

諦諦：是對面那些有錢人家的小孩過聖誕。是聖誕樹的燈光。我們打開窗戶看看。

蜜蒂：我們可以開窗嗎？

諦諦：當然可以，反正沒別人……你聽見音樂了嗎？……我們下床吧……

兩個孩子下了床，跑到一扇窗戶邊，爬上矮凳，推開百葉窗。明亮的光線照亮了整間屋子。孩子貪婪地看著外面。

諦諦：看得一清二楚！

蜜蒂（歪歪地站在矮凳上，只佔到一小角）：我看不到……

諦諦：下雪了！……你看，有兩輛六匹馬的馬車！……

蜜蒂：車裡走出了十二個小男孩！

諦諦：你真傻……是小女孩……

蜜蒂：他們都穿長褲……

諦諦：你還真內行……別這樣推我呀！……

蜜蒂：我又沒碰你。

諦諦（他一人獨佔矮凳）：位置都被你佔了。

蜜蒂：我根本一點位置也沒有。

諦諦：別說了。我看見樹了！……

蜜蒂：什麼樹？……

諦諦：就聖誕樹啊！……誰教你看著牆壁！……

蜜蒂：我沒有位置，只好看牆壁囉……

諦諦（讓了一點點位置給蜜蒂）：好了！……位置夠了吧？……這位置不錯吧？

……那邊好亮呀！好亮呀！……

蜜蒂：那些人鏗鏗鏘鏘的是在幹嘛？……

蒂蒂：他們演奏音樂。

蜜蒂：他們生氣了嗎？

蒂蒂：不是，不過那聲音真讓人覺得疲累。

蜜蒂：還有一輛是白馬拉著的馬車！……

蒂蒂：你別說話了！……看著就好！……

蜜蒂：掛在樹枝後面的是什麼東西啊，金光閃閃的？……

蒂蒂：當然是玩具啊……刀呀、槍啊、士兵、大砲……

蜜蒂：有洋娃娃嗎？你說有洋娃娃嗎？

蒂蒂：洋娃娃？……那太蠢了，又不好玩……

蜜蒂：桌子上那些是什麼呀？……

蒂蒂：是蛋糕、水果、蘋果派……

蜜蒂：我小時候吃過一次……

蒂蒂：我也吃過，比麵包好吃，但就是太少了……

蜜蒂：他們那裡可不少呢……滿桌子都是……他們會吃嗎？……

蒂蒂：當然囉，不然要幹嘛？……

蜜蒂：他們為什麼不現在就吃？……

諦諦：因為他們不餓……

蜜諦（吃驚）：他們不餓？……為什麼？……

諦諦：他們想吃的時候就會吃……

蜜諦（懷疑）：天天這樣？……

諦諦：聽說是這樣……

蜜諦：他們會通通吃光嗎？……他們會不會分給人？

諦諦：給誰？

蜜諦：給我們……

諦諦：他們又不認識我們……

蜜諦：要是我們開口向他們要呢？

諦諦：沒人這樣做的。

蜜諦：為什麼？……

諦諦：因為不准。

蜜諦（拍手）：啊！他們好漂亮啊！……

諦諦（興奮）：他們笑啊笑啊笑啊！……

蜜諦：小孩子跳起舞來了！

諦諦：是啊，是啊，我們也來跳舞吧！……

他們高興地在矮凳上跺著腳。

諦諦：人家給他們蛋糕了！……他們可以去拿了！……他們吃了！他們吃了！他們吃了！……

蜜諦：啊，真好玩！……

蜜諦：年紀最小的也有……他們分到了兩個、三個、四個！……

諦諦（欣喜若狂）：啊，好好吃！……好吃好吃真好吃！……

蜜諦（數著想像中的蛋糕）：我啊分到了十二個！……

諦諦：我啊有四次十二個！……不過我會分給你……（有人敲著小木屋的門。諦諦瞬間安靜了下來，心裡有點害怕）什麼聲音？

蜜諦（受驚）：是爸爸！……

他們不敢去開門，只見大門閂自動打開來，並發出吱嘎聲。從半開的門裡閃進來了一個個子矮小的老婦人，她身穿綠衣，頭上戴著紅帽子。她駝背、瘸腳、瞎了一隻眼，鼻子湊近下巴。她拿著一根木棍彎腰駝背地走進來。這想必是個仙子。

仙子：你們這裡有會唱歌的草，或是青色的鳥嗎？……

諦諦：我們有草，但是不會唱歌……

蜜諦：諦諦有一隻鳥。

諦諦：但我不想給人……

仙子：為什麼……

諦諦：因為牠是我的。

仙子：當然，這是個理由。這隻鳥在哪兒？……

諦諦（指著鳥籠）：在籠子裡……

仙子（戴起眼鏡，湊近前去看鳥）：我不要這隻，牠顏色不夠青。你們得幫我去找我要的那隻鳥。

諦諦：我又不知道牠在哪兒……

仙子：我也不知道。所以要去找啊。萬不得已，我可以放棄會唱歌的草，不過我一定要青鳥。這是為了我女兒，她生了重病。

諦諦：她生了什麼病？……

仙子：沒有人知道她生什麼病。她想要得到幸福……

諦諦：是嗎？……

仙子：你們知道我是誰嗎？……

諦諦：你有點像我們的鄰居，碧靈果太太……

仙子（突然生氣）：怎麼可能……我和她一點關係也沒有……真是的！……我是碧露娜仙子……

諦諦：嗯！好……

仙子：你們要立刻出發。

諦諦：你和我們一起去嗎？……

仙子：我是絕對不可能去的，因為我今天早上在燉牛肉，只要我離開一個小時，湯就會溢出來……（她依序指著天花板、壁爐和窗戶）你們是從這裡、那裡，還是那裡出去？……

諦諦（膽怯地指著門）：我寧願從那裡出去……

仙子（又突然生氣）：這是絕對不可能的，你真是個愛作對的小孩！……（指著窗戶）我們從那裡出去……好啦！……你們在等什麼？……馬上穿衣服……（兩個孩子聽話地穿起衣服，動作迅速）我來幫蜜諦……

諦諦：我們沒有鞋。

仙子：那不要緊。我給你們一頂有魔法的小帽子。你們爸媽在哪裡？……

諦諦（指著右邊的門）：他們在裡面，在睡覺呢……

仙子：那你們的爺爺、奶奶呢？……

諦諦：他們都死了……

仙子：那你的弟弟、妹妹呢？你有弟弟妹妹吧？……

諦諦：有，有，有三個弟弟……

蜜諦：還有四個妹妹……

仙子：他們人在哪兒？……

諦諦：他們也都死了……

仙子：你們想再看到他們嗎？……

諦諦：想啊！……馬上就想看！……你讓他們出現吧！……

仙子：他們不在我口袋裡……不過他們會從天而降。你們在經過「思念之境」時就會見到他們。也就是在去找青鳥的路上。你們一出窗戶，經過第三個交叉路口就左轉。剛才我敲門的時候，你們在做什麼？……

諦諦：我們在玩吃蛋糕。

仙子：你們有蛋糕？……在哪兒？

諦諦：在有錢人家的小孩家裡……你來看，好漂亮啊！……

他們把仙子拉到窗邊。

仙子（在窗邊）：吃蛋糕的是他們，又不是你們！……

諦諦：是啊，可是我們看得一清二楚……

仙子：你不怪他們嗎？……

諦諦：為什麼要怪他們？

仙子：因為他們都吃光了。我覺得他們沒分給你，是大錯特錯……

諦諦：不會啦，因為他們那麼有錢……他們家很漂亮，對不對？

仙子：不會比你家漂亮。

諦諦：呃！……我們家比較黑、比較小，沒有蛋糕……

仙子：你們兩家沒什麼差別，只是你看不到而已……

諦諦：哪裡，我看得才清楚呢，我的眼睛好得很。爸爸看不清教堂裡的鐘是幾點，我可看得到。

仙子（突然生氣）：我偏要說你看不到！……你是怎麼看我的？我是什麼樣子？……（諦諦尷尬地沉默著）喂，回答我呀！……我要知道你是不是真的看得到……我長得美還是醜？……（他愈來愈尷尬，但還是沉默著）你不回答我？……我是年輕或年老？……我的臉是粉紅或是蠟黃？我說不定是個駝子？……

諦諦（講和）：不，不，駝得不厲害……

仙子：偏偏就會，看你的樣子，人家要說駝得厲害呢……我是不是鷹勾鼻、左眼睛

了？

諦諦：不，不，我沒這麼說……是誰弄瞎了你的眼睛？……

仙子（愈來愈生氣）：我又沒瞎！你真放肆！真沒禮貌！……我左眼比右眼美多了，比較大、比較清澈，藍得跟天空一樣……還有我的頭髮，你看到了嗎？……像小麥一樣黃澄澄……就像是純金！……我頭髮好多好多，多得我頭很重……多得到處冒出來。你看見我手上的頭髮嗎？……（她展示兩小綹灰髮）

諦諦：嗯，我看到了幾根！……

仙子（氣憤）：幾根！……是幾綹！幾束！幾把！像黃金波濤滾滾！……我知道有些人會說他們沒看到，但我想，你和這些瞎了眼的壞蛋不一樣吧？……

諦諦：是啊，是啊，只要沒被擋住，我都看得很清楚……

仙子：但即使被擋住，也該大著膽看見它……人，真是很奇怪……仙子們死掉以後，人就都看不見了，而且自己還不知道這件事……幸好我身上總帶著能讓瞎眼的人眼睛再亮起來的東西……你看我從袋子裡掏出什麼？……

諦諦：啊！好漂亮的綠色小帽子！……帽徽上是什麼，怎麼金光閃閃的？……

仙子：是打開人心眼的大鑽石……

諦諦：真的？……

仙子：真的！把帽子戴在頭上，轉動一下鑽石。比如，從右轉到左，看，就像這樣，你看見了嗎？……（於是鑽石在別人看不到的額頭突出的地方觸動了一下，然後他就睜開了眼睛……）

諦諦：這不會怎麼樣吧？……

仙子：不會。鑽石是一樣寶物……你立刻可以看見藏在東西裡面的靈魂，比如麵包的靈魂、葡萄酒的靈魂、胡椒的靈魂……

蜜諦：糖的靈魂也看得見嗎？

仙子（突然生氣）：那還用說！……我不喜歡人家問這些沒用的問題……和胡椒比起來，糖的靈魂又沒有比較有意思。好啦，有了這頂帽子的幫助，你們可以出發去找青鳥了……雖然我知道隱身戒指，或是飛毯對你們會更有用……但我把這兩樣東西鎖在櫃子裡，櫃子的鑰匙卻丟了……對了，我差一點忘了……（指指鑽石）你看，要是這樣拿著……多轉一小圈，就能看到過去……再多轉一小圈，就能看到未來……這真是奇怪，又靈驗，而且還沒聲音……

諦諦：爸爸會拿走帽子的……

仙子：他看不見的。只要你戴在頭上，誰也看不見……你要試試看嗎？……（她把綠色小帽子戴在諦諦頭上）現在，轉一下鑽石……轉一圈就會……

諦諦才一轉動鑽石，四周就起了變化，一切都變得光輝燦爛。老仙子突然變成一個華麗的公主。小木屋砌牆的石頭忽然亮起來，發著藍寶石一樣的藍光，晶瑩剔透，像寶石一樣光芒耀眼。本來簡陋的家具都變得有生氣，閃耀著光輝。白色的木桌子也變得像大理石桌一樣莊重、高貴。老爺鐘眨著眼睛，和善地笑著。老爺鐘有鐘擺擺動的那扇小門半開，從裡頭走出了多位時辰，她們手拉著手，大聲笑著，隨著美妙的音樂起舞。諦諦非常吃驚，他指著時辰尖叫。

諦諦：這些美麗的小姐是誰？……

仙子：別害怕，她們是你一生的時辰，她們很高興能自由一下，讓人看見她們……

諦諦：為什麼牆壁這麼亮？……那是糖做的，或是寶石做的嗎？……

仙子：所有的石頭都是一樣的。所有的石頭都是寶石，但人以為寶石只是其中幾種……

在他們說話的時候，魔法持續施展。四磅麵包的靈魂以好好先生的面貌呈現，穿著麵包酥皮顏色的緊身衣，帶著驚訝表情的臉上撲著麵粉，從麵包箱裡跑出來，圍著桌子蹦蹦跳跳。火從爐灶裡走出來，穿著硫磺、火紅兩色的緊身衣。火笑著，緊追著麵包跑。

蒂蒂：這些淘氣的傢伙又是誰？

仙子：不要緊的，他們是四磅麵包的靈魂，在麵包箱裡太擠了，趁著展現真相的一刻跑出來透透氣……

蒂蒂：那個很難聞的紅色大個子又是誰？……

仙子：噓！……小聲點，他是火……他脾氣不好。

在他們說話的時候，魔法繼續施展。在衣櫃下面睡成一團的公狗和母貓此刻同時發出了叫聲，從舞台地板上的活門消失。在他們原來的地方出現的是兩個人，一個帶著公狗的面具，另一個帶著母貓的面具。帶著公狗面具的小個子男人（我們後面就稱他「狗」）立刻跑到蒂蒂身邊，用力地抱住他，急躁地舔他、摸他，發出很大的聲響。這時候帶著母貓面具的小個子女人（我們後面就稱她「貓」）先梳梳頭髮、洗洗手、捻捻鬍鬚，然後走近蜜蒂。

狗（叫著，跳著，弄翻一切，教人受不了）：我的小神仙！……你好！你好，我的小神仙！……終於，終於，我可以說話了！我有好多話要跟你說呢！……我白叫了那麼多聲、白搖了那麼多尾巴！……你都不懂我要說的！……不過，現在好了！……你好！你好！……我愛你！……我愛你！……你要我要些花招嗎？……你要我用後腿站立嗎？……你要我用前腿走路，或是在鋼絲上跳舞嗎？……

諦諦（對仙子說）：這位頭像是一隻狗的先生是怎麼了？……

仙子：你認不出來了嗎？……他是諦洛的靈魂，你把諦洛釋放了出來……

貓（走進蜜諦，向她伸出手，動作很謹慎、很有禮貌）：小姐，你好……你今天早上真漂亮！……

蜜諦：你好，小姐……（對仙子說）她是誰？……

仙子：這很容易看出來的呀，她是諦蕾的靈魂……抱抱她吧……

狗（推開貓）：我也要！我要抱抱小神仙！……我要抱抱小女孩！……我要抱抱所有的人！……太好了！……我們要一起玩！……我要嚇唬嚇唬諦蕾！……汪！汪！汪！

貓：先生，我又不認識你……

仙子（用仙子棒威脅狗）：你啊乖一點，要不然不讓你再說話，直到永遠……

魔法繼續施展。紡紗機在屋內一角轉動著，紡著像光線一樣明亮的細紗。在另外一角的水龍頭，以拔尖的聲音唱著歌，化身為明亮的水泉，在水槽上注滿了珍珠和翡翠，從這些珍寶裡，又跳出像是少女一般的水的靈魂。她全身淌著水，頭髮披散開來，立刻就和火打了起來。

諦諦：那濕淋淋的小姐是誰？……

仙子：別怕，她是從水龍頭裡流出來的水……

牛奶罐翻倒了，從桌上掉下來，在地上破成碎片。從灑了滿地的牛奶裡，冒出了一個高大的白衣女子，她看來很害羞，怕東怕西的。

諦諦：那個穿著白衣的小姐是誰，她好像什麼都怕？……

仙子：她是打破了牛奶罐的牛奶……

放在衣櫃下面的糖塊也漸漸變大了，弄破了包裝紙，冒出了一個笑得假假的人。他穿著一身半藍半白的長衫，笑著走向蜜諦。

蜜諦（不安）：他要幹嘛？……

仙子：他就是糖的靈魂啊！

蜜諦（放了心）：他有麥芽糖嗎？……

仙子：他口袋裡都是麥芽糖，連他的手指頭都是麥芽糖做的……

桌上的燈一掉在地上，立刻就冒出了火花，火花又化為一位美麗非凡的女子。她戴著透明的長紗，閃閃發亮。她站著不動，出神地望著前方。

諦諦：她是王后！

蜜諦：她是聖母！……

仙子：不是的，孩子們，她是光……

在架子上的鍋子像陀螺一樣地轉著。衣櫃的兩扇門砰砰砰地響著，從裡面冒出了月亮顏色和太陽顏色的布匹，漂亮極了。從閣樓的扶梯上也掉下來了色彩繽紛的抹布、破衣。這時，右邊的門傳來了三聲重重的敲門聲。

諦諦（驚慌）：是爸爸！……我們吵醒他了！

仙子：轉動鑽石！……從左轉到右！……（諦諦急促地轉動鑽石）別這麼快！……天啊！太遲了！……你轉得太急了。這些東西來不及恢復原位，我們有麻煩了……

（仙子又變回老婦人，小木屋的牆不再熠熠生輝。時辰回到了老爺鐘裡，紡紗機也不再轉動，諸如此類的。但在匆忙、慌亂之間，火在屋子裡到處亂跑，找著壁爐；

四磅麵包在麵包箱裡找不到原位，急得哭了出來，聲音大得嚇人。）怎麼了？……

麵包（滿臉是淚）：麵包箱裡沒我的位置了！……

仙子（彎腰看著麵包箱）：有啊，有啊……（推其他的麵包，讓出一點位置）你看，快呀，進去吧……

又響起敲門聲。

麵包（驚慌，擠不進去麵包箱裡）：沒辦法啊！……我會第一個被吃掉！……

狗（繞著諦諦蹦蹦跳）：我的小神仙！……我還在這兒！我還能說話！我還能夠抱抱你！……還能！還能！還能！……

仙子：怎麼，你回不去？……你還在這兒？……

狗：我運氣好……我回不去沉默裡了。那扇活門太快關起來……

貓：我那扇門也是……現在會怎麼樣呢？會有危險嗎？

仙子：天啊，我得跟你們實話實說：陪他們兩個小孩一起上路的，在旅程結束以後會死翹翹……

貓：那要是不陪他們呢？……

仙子：就能多活一會兒……

貓（對狗說）：走吧，我們還是回活門裡去……

狗：不，不！……我不要！……我要陪小神仙……我要一直和他說話！……

貓：蠢東西！

又響起敲門聲。

麵包（熱淚盈眶）：我不要在旅程結束以後死翹翹！……我要立刻回麵包箱裡！

……

火（還是滿屋子亂跑，發出不安的嘯聲）：我找不到壁爐！……

水（擠不進去水龍頭裡）：我進不去水龍頭裡！……

糖（在包裝紙旁邊騷動著）：我弄破了包裝紙……

牛奶（遲鈍、害羞）：牛奶罐打破了！……

仙子：天啊，他們真呆！……又呆又膽小！……所以你們寧願活在那討人厭的箱子裡、活門裡、水龍頭裡，而不願陪這兩個孩子去找青鳥？……

眾生（除了狗和光以外）：是的！是的！要馬上回去！……我的水龍頭！……我的麵包箱！……我的壁爐！……我的活門！……

仙子（對光說。光愣愣地看著打碎了的燈）：你呢，光，你有什麼打算？……

光：我陪孩子去……

狗（高興得大叫）：我也是！我也是！……

仙子：這樣才好呢。再說，你們現在不去也不行。你們沒有選擇的餘地，非得跟著我們一起走不可了……可是，火啊，你別靠近別人。狗，你別作弄貓。還有你，水，你要管好自己，別流得到處都是……

右邊的門又傳來重重的敲門聲。

諦諦（傾聽）：還是爸爸！……他現在起床了。我聽見他的腳步聲……

仙子：從窗戶出去……你們全到我家來，我會讓動物和各種東西穿上合適的衣服……（對麵包說）你啊，麵包，你拿著用來關青鳥的籠子……籠子就都由你保管……快，快，沒時間浪費了……

窗戶忽然變大了，變得像一扇門。他們全都出去以後，窗戶又恢復原狀，關了起來。房間又變得陰陰暗暗，兩張小床沒入陰影裡。右邊的門微微打開來，從門裡露出了諦諦爸爸、媽媽的頭。

諦諦爸爸：沒有什麼呀……是蟋蟀在叫……

諦諦媽媽：你看見他們了？……

諦諦爸爸：當然……他們睡得好香呢……

諦諦媽媽：我聽見他們的呼吸聲……

門關起來。

幕落

第二幕

第二景　仙子的宮殿

在碧露娜仙子的宮殿裡金碧輝煌的前廳。淺色大理石的柱子，金銀色的柱頭。一旁可見樓梯、迴廊和欄杆等。

穿著華麗的貓、糖和火從後方的右邊上場。他們從散發著光芒的一間房間裡走出來，原來這是仙子的衣物間。貓在她黑絲緊身衣上披上了一層薄薄的紗。糖也穿上了一件半白半藍的絲質裙衫。火頭上戴著五顏六色的羽毛帽子，身上披著鑲金邊的紅色披風。他們穿越整個前廳，來到右前台。貓把糖和火集合在迴廊下。

貓：過來，過來。這座宮殿我可熟得很……這裡本來是藍鬍子的，後來成了碧露娜仙子的……趁著孩子和光去看仙子的女兒，我們還有最後一點自由時間……我把你們帶到這裡來，是想衡量衡量我們的處境……大家都到齊了嗎？

糖：看吶，狗從仙子的更衣室出來了……

火：他那一身是什麼鬼樣子？……

貓：他穿了跟著灰姑娘馬車跑的僕人的衣服……這倒是跟他挺配的……他有一顆奴才的靈魂……我們在欄杆後面躲一下吧……怪的是，我對他總有戒心……最好別讓他聽見我跟你們說的話……

糖：來不及了……他已經發現我們了……啊，看吶，水也同時從衣物間走出來了。天吶！她好漂亮！……

狗和水也來到迴廊，和糖、火、貓會合。

狗（蹦蹦跳跳）：看吶，看吶！……我們多美啊！看看這花邊，還有這刺繡！……這是金線繡的，一點也不假！……

貓（對水說）：這是驢皮公主「時光顏色」的禮服吧？……我好像認得……

水：沒錯，這一件我穿起來最好看……

火（喃喃自語）：她沒帶傘……

水：你說什麼？……

火：沒什麼，沒什麼……

水：我想，你是在說我那天看見的那個大紅鼻子吧……

貓：唉呀，別吵架啊，我們還有要緊的事要做呢……現在就等麵包了，他哪兒去了？……

狗：他還不知道挑哪件衣服好……

火：這也難怪。他一臉蠢樣，又有個大肚子……

狗：他最後決定穿一件上面綴滿寶石的土耳其長袍，佩上一柄彎刀，頭上包頭巾……

貓：他來了！……他穿上了藍鬍子最好看的長袍……

麵包穿著上面所述的服裝進場。絲質長袍緊緊繃著他的大肚子。腰間佩著一把彎刀，一隻手扶著刀柄，另一隻手拿著要裝青鳥的籠子。

麵包（大搖大擺走來）：看，你們覺得我怎麼樣？……

狗（在麵包四周蹦蹦跳跳）：他很帥！他很蠢！他很帥！他很帥！……

貓（對麵包說）：那兩個孩子穿好了嗎？

麵包：穿好了。諦諦先生穿小拇指的紅外套、白長襪和藍短褲。蜜諦小姐穿格蕾辛的衣服，和灰姑娘的鞋子……不過，幫光打扮真是大事一件！……

貓：為什麼？……

麵包：仙子覺得光長得太美了，所以不想打扮她！……那麼我就以尊嚴為名抗議了，認為為了體面著想，穿衣打扮是最基本的，最能受人尊重。最後我說，不然的話，我拒絕和光一起出去……

火：應該給他買個燈罩！……

貓：仙子呢她怎麼說？……

麵包：她用仙子棍在我身上、肚子上打了幾下……

貓：然後呢？……

麵包：我立刻就不敢再說什麼了，不過到最後一刻，光決定穿驢皮公主那件壓在寶箱箱底的「月亮顏色」的禮服。

貓：好了，聊夠了，沒時間了……還是談一談我們的未來吧……你們都聽到了仙子剛剛說的，這趟旅程一結束，我們生命也就告終……所以要盡一切力量、盡一切辦法拖長這次旅程的時間……不過還有另外一件事，就是我們應該想到我們的族類、我們的孩子的命運……

麵包：是啊！是啊！……貓說得有道理！……

貓：聽我說……動物、東西、還有幾種元素都在這裡了，我們擁有靈魂，人類並不知道這件事。這也就是為什麼我們保有一點獨立性。但要是小男孩找到了青鳥，他就什麼都知道，什麼都看得透，那時候我們就完全受他擺布了……這是我的老朋友夜剛剛告訴我的。夜同時也是生命祕密的守護者。所以為了我們自己好，我們有必要盡力阻止孩子們找到那隻青鳥，甚至不惜犧牲兩個孩子的性命……

狗（憤慨）：她說些什麼呀？……你能再說一遍，好讓我聽清楚嗎？

麵包：安靜！……現在輪不到你說話！……會議由我來主持……

火：由你主持的？這是誰決定的？……

水（對火說）：住嘴……這才沒你的事！……

火：偏就有我的事……我可不聽你的教訓……

糖（勸和）：讓我說句話……我們別吵了……現在是關鍵時刻……我們要協調出一個方案，知道該採取什麼樣的行動……

麵包：我完全同意糖和貓的意見……

狗：真是蠢！……一句話，人類是主子！……必須服從人類，照他的吩咐做！……只有這才是真的……我只認識人類！……人類萬歲！……無論是生是死，一切都要為人類！……人類是神！……

麵包：我完全同意狗的意見。

貓（對狗說）：不過，你要說說你道理何在……

狗：沒有道理的！……我喜歡人類，這就夠了！……要是你敢暗中和他作對，我就先掐死你，然後向他舉發你……

糖（溫和地調解）：讓我說句話……大家好好講嘛……從某一方面看，雙方都有理由……有支持的，有反對的……

麵包：我完全同意糖的意見！……

貓：在這裡的各位，水、火，還有你們，麵包和狗，我們不都是某種暴政的犧牲品嗎？……你們可還記得在暴君來到之前，我們在人世間上是自由自在的……只有水和火才是在這世上作主的人。看看他們現在變什麼樣子了！……至於我們這些，原該是猛獸的後代，卻落得如此不堪……小心！……裝出一副沒事的樣子……我看見仙子和光來了……光是和人類同一夥的，是我們最害怕的敵人……他們來了……

仙子和光從右邊上場，後面跟著諦諦、蜜諦。

仙子：咦？……怎麼了？……你們怎麼都躲在角落？……你們看起來像是在密謀什麼一樣……該出發了……我剛剛決定了就讓光來當你們的頭頭……你們全都要服從她，就像服從我一樣。我還把仙子棒給了她……孩子今天晚上要去拜訪他們已經去世的爺爺和奶奶……為了謹慎起見，你們就不必陪他們了……他們今天晚上會待在爺爺家……你們就趁這時候準備明天路上所需的東西，明天的路很長呢……好了，動起來了，大家各做各的！

貓（虛偽）：仙子，我剛剛也是跟他們這麼說的……我鼓勵大家要盡忠職守。可是，狗一直打斷我……

狗：她說什麼呀？……她真是厚臉皮！……

狗就要撲到貓身上，但是蒂蒂注意到了他的舉動，做出一個威嚇的手勢阻止了他。

蒂蒂：趴下，蒂洛！……你注意了，如果你再這樣，那就……

狗：我的小神仙，你不知道，是她……

蒂蒂（威嚇狗）：閉嘴！

仙子：好了，別吵了……麵包你晚上把鳥籠給蒂蒂……青鳥說不定會躲在過去，躲在爺爺家……總之，有這個可能，不可錯過了……咦，麵包，鳥籠呢？……

麵包（一本正經）：仙子，請等一下……（一副演說家的模樣）各位，我請你們來做證，這個銀鳥籠交給了我……

仙子（打斷他）：夠了！……別再說了……我們從這裡走，孩子從另一邊走……

蒂蒂（頗不安）：我們單獨走？……

蜜蒂：我餓了！

蒂蒂：我也是！……

仙子（對麵包）：解開你的土耳其長袍，從你肚子上切一片下來……

麵包解開長袍，用彎刀在他肚子上切了兩片麵包給孩子。

糖（走到孩子身邊）：我也給你們一些麥芽糖……

他一根一根地折斷他左手的五根指頭，拿給孩子。

蜜諦：他在幹嘛？……他把自己的指頭都折斷了……

糖（誘人）：嘗嘗看，好吃極了……這是真的麥芽糖……

蜜諦（吮著一根指頭）：天吶，好好吃！你有很多嗎？……

糖（謙遜）：對啊，要多少有多少……

蜜諦：你這樣折下來，不會痛嗎？……

糖：一點也不痛……相反地，這有好處，它會立刻再長出來，這樣我就一直都會有乾淨的新手指……

仙子：好了，孩子，別吃太多糖。別忘了等一下你們要和爺爺奶奶一起吃晚飯……

諦諦：他們在這裡嗎？……

仙子：你們一會兒就會看到他們了……

諦諦：他們都死了，我們怎麼看得見？……

仙子：既然他們還活在你們的記憶裡，怎麼會死呢？……人類都不知道這個祕密，因為他們知道得太少了。你不同，你有鑽石就能看到。死去的人只要活在人記憶裡就能過得非常好，好像沒死一樣……

諦諦：光，你要和我們一起去嗎？……

光：不，這是家庭聚會，我不便去……我在附近等著，免得冒失……他們又沒邀請我。

諦諦：我們該往哪邊走？……

仙子：從這裡……你們就在「思念之境」的邊境。你一轉動鑽石，就會看到一棵大樹，樹上掛著一個牌子，告訴你你到了哪裡……不過別忘了，你們兩個在八點四十五分就該回來……這很重要……一定要守時，因為如果你們遲到了，事情就不妙了……待會兒見了……（招呼貓、狗、光等）從這裡走……孩子們從那裡走……

仙子和光、動物等等的從右邊下場，孩子從左邊下場。

幕落

第三景　思念之境

一層濃濃的霧，在前台右邊有一棵大橡樹，樹上掛著一塊牌子。燈光呈乳白色，朦朧不清。

諦諦、蜜諦站在橡樹前。

諦諦：就是這棵樹！……

蜜諦：有一塊牌子！……

諦諦：我看不到……等一下，我站到樹根上看……這樣好多了……上面寫著「思念之境」。

蜜諦：從這裡開始走嗎？……

諦諦：嗯，這兒有一個箭頭……

蜜諦：那爺爺和奶奶在哪裡？

諦諦：在霧後面吧……我們去看看……

蜜諦：我什麼也看不見！……我看不見我的腳、也看不見我的手……（哭起來）我好冷！……我不要旅行了……我要回家……

諦諦：唉呀，別像水一樣一直哭……你不會覺得不好意思嗎？……都這麼大了！

……你看，霧散了……我們去看看那裡有什麼……

霧真的移動了起來，變薄了、變清了，散了開來，消失了。不久，有一道愈來愈透明的燈光照著綠蔭下的一間可愛的小農舍，農舍外牆爬滿了爬藤。門窗都開著。屋簷下掛著蜂窩，窗台上擺著幾盆花，有個關著一隻烏鶇的鳥籠，烏鶇正在睡覺，諸如此類。在門邊有一把長板凳，一對老夫妻就坐在這裡睡覺。他們就是諦諦的爺爺、奶奶。

諦諦（突然認出他們）：是爺爺和奶奶！

蜜諦（拍手）：對！對！……是他們！是他們！

諦諦（有點戒心）：小心……不知道他們還能不能動……我們在樹後面等著……

諦諦的奶奶睜開眼睛，抬起頭來，伸伸腰，嘆了一口氣，看著諦諦的爺爺。爺爺也慢慢醒了過來。

奶奶：我覺得我們的孫子今天會來看我們……

爺爺：那是當然的，他們還想著我們，因為我心裡有點異樣的感覺，我兩條腿麻麻的……

奶奶：我感覺他們離我們很近，因為我眼睛裡滾動著高興的淚水……

爺爺：不，不，他們還很遠……我覺得我還很虛弱……

奶奶：我跟你說他們就在這兒，我已經渾身有了力氣……

諦諦、**蜜諦**（從樹後面跑出來）：我們在這兒！……我們在這兒！……爺爺、奶奶！……我們來了！……我們來了！……

爺爺：喏！……你看到了沒？……我不是說嗎？……我就知道他們今天會來……

奶奶：諦諦……蜜諦……是你！……是她！……是他們！……（想努力跑過去迎接他們）我跑不動了！……我一直有風濕！

爺爺（一瘸一瘸地跑過來）：我也跑不動了……都是因為這條假腿，我從大橡樹上下來，跌斷了腿以後，就裝上了假腿……

爺爺、奶奶和兩個孩子親親熱熱地擁抱在一起。

奶奶：我的諦諦，你長高又變壯了！……

爺爺（摸著蜜諦的頭髮）：蜜諦！……你看啊！……頭髮真漂亮、眼睛真漂亮……還有，她好香啊！……

奶奶：我們再抱抱！……來，坐在我膝蓋上……

爺爺：我呢，我沒份嗎？……

奶奶：不行，不行……先到我這兒來……你們爸爸、媽媽好嗎？

諦諦：他們非常好，奶奶……我們出門時，他們正在睡覺……

奶奶（看著兩個孩子，不斷地摸摸他們）：天吶，他們兩個多可愛、多乾淨啊！……是媽媽幫你擦臉的嗎？……你的襪子也沒有破！……從前襪子都是我在補。你們為什麼不常常來看我們？……你們來，我們有多開心！……已經有好幾個月又好幾個月你們都把我們忘了，我們好久不見人來……

諦諦：奶奶，我們沒辦法來啊。今天能來都是靠仙子……

奶奶：我們一直都在這兒，等著活著的人來看看我們……但來的人這麼少……上一次你們來是什麼時候的事了？……對了，是萬聖節，教堂的鐘聲正響起……

諦諦：萬聖節！……我們那天沒出門啊，因為我們兩個都重感冒……

奶奶：是沒出門，可是你們那天很想我們……

諦諦：沒錯……

奶奶：每一次你們想到我們，我們就會醒過來，我們就可以見面……

諦諦：怎麼，只要……

奶奶：嗯，你知道的……

諦諦：不，我不知道……

奶奶（對爺爺說）：人世間真是奇怪……他們竟然還不知道……他們什麼也沒學到嗎？……

爺爺：就像我們在世的時候一樣……活著的人在談起死去的人時總是很蠢的……

諦諦：你們都一直睡覺嗎？……

爺爺：嗯，我們睡蠻多的，我們就等著活著的人想到我們，把我們喚醒……啊！生命了結以後，睡睡覺是好事……不過有時候能醒過來一下，也很愉快……

諦諦：那麼你們並沒有真的死去？……

爺爺（嚇了一跳）：你說什麼？……他說了什麼？……他用了一個我們聽不懂的字……這是個新的字彙嗎、一個新發明的字彙？……

諦諦：「死」這個字？……

爺爺：對，就是這個字……它是什麼意思？……

諦諦：意思就是不再活著……

爺爺：那上頭的人真蠢啊！

諦諦：你們這兒好嗎？

爺爺：很好啊，還不錯，還不錯。甚至還能祈禱呢……

諦諦：爸爸跟我說，不必再祈禱了……

爺爺：要的，要的……祈禱就是思念……

奶奶：是的，是的，這裡都很好，只要你們能更常來，就更好了……諦諦，你還記得嗎？上一次，我做了好吃的蘋果派……你吃了好多好多，吃得肚子都痛了……

諦諦：但我從去年就沒再吃到蘋果派了……今年沒有蘋果……

奶奶：別說傻話……這裡一直都有蘋果……

諦諦：但這不一樣……

奶奶：什麼？怎麼會不一樣？……既然我們都能親吻擁抱了，那就都是一樣的……

諦諦（輪番看著爺爺和奶奶）：爺爺，你沒變，一點也沒變……奶奶也是，一點也沒變……不過你們看起來比以前氣色好……

爺爺：嗯，這兒是不錯……我們不會再更老了……不過你們可有長大一點？……啊，是啊，你們更高、更結實了！……喏，站在門邊這兒，這兒還有你們上次身高的記號……就是萬聖節的時候……喏，站直……（諦諦靠著門直直站著）長高了四根指頭！……真是不得了！……（蜜諦也靠著門直直站著）蜜諦，是四根指頭半！……哈，哈！真是想不到！……長得好，長得好！……

諦諦（驚喜地看著他四周）：這兒都沒變，所有的東西都在原地！……不過看起來更漂亮了！……看吶，這是被我折斷一截指針的掛鐘……

爺爺：這只缺了一個口的湯碗也是你弄的……

諦諦：門上的這個洞也是我在找到鑽頭以後鑽的……

爺爺：是啊，你老是弄壞這個、弄壞那個！……看吶，還有這棵李子樹，我不在的時候，你老愛去爬……它現在還是會結紅李子……

諦諦：李子好漂亮啊！……

蜜諦：還有這隻烏鶇！……牠還唱歌嗎？……

烏鶇醒來，大聲唱著歌。

奶奶：看吧……只要人家一想起牠……

諦諦（他注意到了烏鶇是青色的，很是訝異）：啊，牠是青色的！……我該帶回去給仙子的，就是牠了！……你們以前沒說過這兒有青鳥！喔，牠顏色好青、好青、好青，就像青色的玻璃彈珠一樣！……（懇求）爺爺、奶奶，可以把鳥給我嗎？……

爺爺：可以，也許可以……老伴，你覺得呢？……

奶奶：當然可以，當然可以……反正牠在這兒也沒用……牠整天就是睡……我們從來聽不見牠唱歌……

諦諦：我要把牠關在我的鳥籠裡……咦，我的籠子呢？……喔，對了，我把它忘在大樹後面了……（他跑到大樹旁，拿回籠子，把烏鶇關了進去）真的嗎？你們真的要給我嗎？……仙子會很高興的！……還有光也是！……

爺爺：你要知道，對這隻鳥我可不敢保證什麼……我擔心牠再也不能適應人世間喧嚷騷動的生活，一有怎麼樣又會回到這兒來……總之，我們看著辦吧……先把牠放在這兒，過來看看牛啊……

蒂蒂（注意到了蜂窩）：那蜜蜂牠們好嗎？……

爺爺：牠們還不錯……就像你們人世間的說法，牠們不是活的了，不過牠們還是很辛勤工作……

蒂蒂（走近蜂巢）：啊，對耶！……有蜂蜜的味道！……蜂窩一定很重……花都開得好漂亮！……我那幾個已經死去的小妹妹，她們也在這裡嗎？……

蜜蒂：還有我那三個死去的小弟弟，他們在哪裡？

這時候，七個像排笛一樣身高不等的小孩一個一個地走出農舍。

奶奶：他們在這兒，他們在這兒！……只要我們一想到他們、一說到他們，他們就會出現！這些活潑的孩子！……

諦諦、蜜諦跑上去迎接他們。他們推來擠去，又是擁抱，又是跳舞，又是打轉，發出了歡樂的笑聲。

諦諦：嗨，皮耶侯！……（他們彼此扯扯頭髮）啊，我們還要像以前那樣打架……還有侯貝！……你好，尚！……你的陀螺呢？……瑪德蓮、皮耶赫特、寶琳，還有熙格特……

蜜諦：喔，熙格特、熙格特！……她還用四隻腳爬呢！……

奶奶：是啊，她不再長大了……

諦諦（注意到了在他們腳邊諦洛叫的一隻小狗）：奇奇在這兒呢，我曾經拿寶琳的剪刀剪斷了牠一截尾巴……牠也都沒變……

爺爺（深思）：嗯，這裡一切都沒改變……

諦諦：寶琳的鼻子上還是有顆痘痘！……

奶奶：是啊，痘痘不會消失，沒有辦法……

諦諦：他們氣色真好，他們都圓潤潤的！……臉頰紅通通的！……他們看起伙食不錯……

奶奶：他們不活了以後身體都很健康……再沒什麼好擔心的，人在這兒都不會生病，不用操心了……

農舍裡的掛鐘敲響了八點鐘。

奶奶（吃驚）：這是什麼聲音？……

爺爺：我不知道……應該是鐘聲吧……

奶奶：不可能吧……它從來不會響的……

爺爺：因為我們都不再想起時間了……剛剛有人想到時間嗎？

諦諦：嗯，是我。現在幾點了？……

爺爺：說真的，我也不知道……我已經沒這個習慣了。它敲響了八下，在人世間，這應該是八點。

諦諦：我和光約好八點四十五分……這是仙子說的……這非常重要……我要回去了……

奶奶：我們正要吃晚飯，你們不能這樣就走！……快，快，把桌子擺在門口……我剛做好好吃的白菜湯，和李子派……

大家合力抬出桌子，擺在門口，又從裡面拿出了盤子、餐具等等的。大家通力合作。

蒂蒂：說真的，既然我已經有青鳥了……再說我好久沒喝白菜湯了！……自從我踏上旅程……旅館裡都沒有這種湯……

奶奶：來啦！……已經煮好了……孩子們，上桌……如果你們趕時間，就快吃……

桌上點著一盞燈，奶奶為大家舀湯。祖孫圍坐桌子旁，大家推推擠擠，笑笑鬧鬧。

蒂蒂（嘴饞）：好吃……天吶，真好吃！……我還要！我還要！……

他晃動著木湯匙，大聲地敲著盤子。

爺爺：好了，好了，安靜一點……你總是這麼野，你會把盤子敲破的……

蒂蒂（從凳子上半站著）：我還要，我還要！……

他伸手去拿裝著湯的大碗，不小心翻倒了，湯灑了滿桌，還流到了在座的人的膝蓋上。燙得他們叫起來。

奶奶：你看！……我早就跟你說過……

爺爺（打了諦諦一個響亮的耳光）：教訓一下！……

諦諦（愣了一會兒，然後手撫臉頰，樣子很陶醉）：喔，是啊，就是這樣。你還活著的時候就是這樣打耳光……爺爺，你打得好，真是痛快！……我要抱抱你！

爺爺：好，好，如果你還要，我也還有的是……

掛鐘敲響了八點半。

諦諦（嚇了一跳）：八點半了！……（他丟下湯匙）蜜諦，我們沒時間了！……

奶奶：唉呀……不急嘛……家裡又沒著火……我們難得見面……

諦諦：不，不行了……光是個好人……我答應她了……走吧，蜜諦，該走了！……

爺爺：上帝啊，活著的人事情真多，真是麻煩！……

諦諦（拿起鳥籠，迅速地抱了抱所有的人）：再見，爺爺……再見，奶奶……再見，弟弟妹妹，再見，皮耶侯、侯貝、尚、寶琳、皮耶赫特、瑪德蓮、熙格特，還有你，奇奇！……我覺得我們必須離開了……別哭，奶奶，我們會常回來的……

奶奶：要每天回來啊！……

諦諦：好的，好的！我們會常回來的……

奶奶：只有這件事會讓我們開心，你們想到我們的時候，我們就樂得跟什麼似的！……

爺爺：我們沒別的事好做……

諦諦：快，快！……我的籠子！……我的鳥！……

爺爺（把鳥籠給他）：都在這兒呢！……我不敢保證牠活得了。要是牠顏色不對……

諦諦：再見，再見！

弟弟妹妹：再見，諦諦！……再見，蜜諦！……別忘了麥芽糖！……再見！……要再來喔！……要再來喔！……

大家都揮著手帕，諦諦和蜜諦慢慢走遠。不過，在最後幾句對白時，這一景一開始的霧又漸漸攏了過來，說話的聲音愈來愈低。最後整個舞台消失在濃霧中，在幕落時，只有諦諦和蜜諦出現在大橡樹底下。

諦諦：蜜諦，從這兒走……

蜜諦：光呢？她在哪裡？

諦諦：我不知道……（看著籠子裡的鳥）啊，鳥不再是青色的！……牠變成了黑色！……

蜜諦：哥哥，牽著我的手……我又冷又害怕……

幕落

第三幕

第四景　夜之宮殿

一間宏偉的大廳，看來肅穆、陰沉，有點像是希臘神殿或是埃及神殿。其中的柱子、柱頭、地板、飾物都是黑色的大理石，或以金子、烏木裝飾。大廳呈梯形。前景有一座佔據了整個舞台寬度的玄武岩台階，台階分三層，舞台因此分為漸次而上的三個平面，直到背景。在左右兩邊的柱子之間有幾扇深銅色的門。背景是一扇壯觀的青銅大門。舞台上的燈光微弱，像是從大理石和烏木本身的光澤散發出來的。

幕啓時，「夜」以一個美麗女子的身形出現，她穿著黑色長衫，坐在第二階台階上，有兩個孩子站在她左右。其中一個孩子幾乎全身赤裸，像小愛神一樣，他沉陷在睡眠中，但臉上帶著微笑。另一個則站著不動，從頭到腳都蒙著薄紗。

貓從第一個台階右側上場。

夜后：誰在那兒？

貓（疲乏地倒在大理石台階上）：是我，夜后……我已經不行了……

夜后：孩子，你怎麼了？……你臉色蒼白，又瘦巴巴的，甚至連鬍子上都沾了泥巴……你又在下雨天、下雪天在屋簷的排水槽打架了？……

貓：這和排水槽無關！……而是和我們的祕密有關！……大事不妙了！……我想辦法避開他們一會兒來跟你通風報信。但我擔心這件事是沒辦法可想了……

夜后：什麼？……發生了什麼事？……

貓：我已經跟你說過了那個樵夫的兒子諦諦，和他的魔法鑽石……現在他會來這裡跟你要青鳥……

夜后：他又還沒得到青鳥……

貓：要是我們不使些法力，他很快就會得到牠的……事情是這樣的：光是諦諦的嚮導，她背叛了我們，因為她完完全全和人類站在同一邊。光剛剛聽說了那隻真正的青鳥，那隻唯一能活在日光下的青鳥，就藏在我們這裡，和其他那些只活在月光下、一見太陽就死去的夢之青鳥放在一起……她知道她是不准到你的王宮來的，但她會讓孩子來。你又不能阻止人類打開你的祕密之門，我真不知道這件事會怎麼了結……總之，如果他不幸拿到了真正的青鳥，我們就只好完蛋了……

夜后：天啊，天啊！……我們這是什麼年代呀！我連片刻安寧也沒有……這幾年我再也不懂人類了……他們究竟想怎樣？……他們就得什麼都知道嗎？他們已經奪走了我三分之一的祕密，我所有的「恐怖」都害怕，不敢再出門，我所有的「幽靈」都四處逃竄，我所有的「疾病」身體也都出了問題……

貓：我知道，夜后。我知道，日子不容易過，我們幾乎是單獨和人類對抗……啊，我聽見孩子走近了的聲音……我只想到一個辦法，就是既然他們還只是孩子，我們必須嚇唬他們，讓他們怕得不敢堅持，也不敢去開後面那扇大門，也就找不到藏在門後的月之鳥……其他扇門的祕密就足以轉移他們的注意力，或者是嚇倒他們。

夜后（聽著外面傳來的聲音）：我聽見什麼聲音了？……他們共有好幾個？

貓：這沒什麼，麵包和糖是我們的朋友。水身體不舒服，火也沒辦法來，因為他是光的親戚……只有狗不是我們的人，不過總也擺脫不了他……

諦諦、蜜諦、麵包、糖和狗怯生生地從第一個台階右側上場。

貓（急忙跑到諦諦面前）：我的小主人，這邊走，這邊走……我稟告了夜后你們會來，她很高興見到大家呢……不過抱歉的是，她有點傷風，所以她沒來迎接你們……

諦諦：日安，夜后……

夜后（被冒犯）：日安？在我這兒是不這麼說的……你可以說：晚安，或至少是傍晚好……

諦諦（謙遜）：對不起，夜后……是我搞錯了。（指著夜后身邊的兩個孩子）這是你的孩子吧？……他們好可愛……

夜后：沒錯，這一個叫做睡眠……

諦諦：他為什麼胖胖的？……

夜后：這是因為他睡得好……

諦諦：另外一個為什麼蒙著一層紗？……他為什麼把臉遮起來？……他生病了嗎？……他叫什麼名字？

夜后：她是睡眠的妹妹……最好別提她的名字……

諦諦：為什麼？……

夜后：因為大家都不愛聽到她的名字……我們談談別的事吧……貓剛剛跟我說，你們來這裡是為了找青鳥？……

諦諦：是的，夜后，能請你告訴我們青鳥在哪裡嗎？……

夜后：我不知道牠在哪兒啊，我的小朋友……我只知道牠不在這裡……我從來沒見過青鳥……

諦諦：在這裡的，在這裡的……光跟我說青鳥在這裡。光不會亂說的……能請你給我鑰匙嗎？……

夜后：小朋友，你應該知道我是不會隨便把鑰匙給人的……我守護著大自然所有的祕密，我要對這一切負責。我是絕對不能把這些祕密洩露給別人知道的，尤其是對一個孩子……

蒂蒂：但是我知道，如果人類向你要鑰匙，你是沒有權利拒絕的……

夜后：誰告訴你的？……

蒂蒂：光說的……

夜后：又是光！老是她！……這關她什麼事？……

狗：我的小神仙，你要我把鑰匙搶過來嗎？……

蒂蒂：你別說話，乖乖地待在一邊，要有禮貌一點……（對夜后）好啦，夜后，請把鑰匙給我吧……

夜后：你至少總有憑據吧？……憑據在哪兒？……

蒂蒂（摸了摸他帽子）：你看這鑽石……

夜后（無奈）：好吧……這就是能打開所有的門的鑰匙……要是你發生不幸算你倒楣……我是管不著的。

麵包（很不安）：這會有危險嗎？……

夜后：危險……應該是說，有些銅門一打開就是深淵，連我也脫不了險……在這殿堂周圍的每個玄武岩洞穴裡，有從開天闢地以來就成為人間禍患的一切罪惡、一切災難、一切疾病、一切恐怖、一切禍事、一切神祕……我在命運之神的幫助下，好不容易才把這些關起來。我可以告訴你們，我是花了好大的勁才讓那些胡作非為的事物稍稍守秩序……要是他們其中一個逃脫出來，來到了人世間，那麻煩可就大了……

麵包：以我的年紀、我的閱歷、我的忠心，我理所當然是這兩個孩子的保護者。所以，夜后，我想請問你一個問題……

夜后：你問吧……

麵包：萬一有危險，該往哪裡逃呢？

夜后：是逃不了的。

諦諦（接過鑰匙，往台階上走）：我們從這兒開始……在這扇銅門後面有什麼？

……

夜后：是幽靈……我已經很久沒開這扇門，幽靈也很久沒出來了……

諦諦（把鑰匙插進鑰匙孔）：我看看……（對麵包說）你拿著裝青鳥的籠子吧？

……

麵包（牙齒打顫）：我不是害怕，不過你不覺得先別打開門，只從鑰匙孔看一看比較好嗎？……

諦諦：我沒問你的意見……

蜜諦（突然哭了起來）：我好怕！……糖在哪裡？……我要回家！……

糖（殷勤、奉承）：我在這兒，蜜諦，我在這兒……別哭。我要折斷我的指頭，給你一點麥芽糖……

諦諦：我們就來開門吧……

他轉動鑰匙，只把門小心地打開一點點。立刻從門後跑出來五、六個幽靈，他們長相奇怪，形狀不一，散布在舞台四處。受到驚嚇的麵包甩下了鳥籠，跑到殿堂後面躲起來。夜后一邊追逐著幽靈，一邊對諦諦大叫。

夜后：快，快！……把門關起來！……他們全都跑出來，我們就沒辦法再把他們抓回來！……自從人類不相信幽靈以後，他們在裡頭就無聊得很……（她拿著一根形狀是蛇的鞭子，追逐著幽靈，把他們趕到剛剛打開的那扇門邊）幫幫我呀！……這裡！……這裡！……

諦諦（對狗說）：諦洛，幫幫她啊，快啊！……

狗（叫著往前跳了一步）：好！好！好！……

諦諦：麵包呢？他去哪兒了？……

麵包（在殿堂後面）：我在這裡……我在門邊阻止他們跑出來……

一個幽靈來到了麵包身邊，麵包拔腿就跑，還嚇得大叫。

夜后（她抓著三個幽靈的衣領，對他們說）：你們跟我走這邊！……（對諦諦說）把門打開一點……（她把三個幽靈推進門內）現在這樣好一點了……（狗也領來了其他兩個幽靈）還有這兩個……快，快進去……你們很清楚，要到萬聖節才能出來。

夜后關起門。

諦諦（走到另一扇門）：這扇門後面有什麼？……

夜后：知道又有什麼用？……我已經跟你說過了青鳥沒來過這裡……唉，隨便你……如果你還是要開的話就開吧……這裡面是疾病……

諦諦（把鑰匙插進鑰匙孔裡）：開門時要小心嗎？……

夜后：不，不用……這些可憐的小傢伙很乖的……她們現在很不開心……最近，人類大力掃蕩疾病！……尤其是在發現了微生物以後……打開吧，你看就知道……

諦諦把門打得開開的。但什麼也沒出現。

諦諦：她們不出來嗎？……

夜后：我就跟你說嘛，幾乎所有的疾病都受著苦，而且心情十分沮喪……醫生對她們可一點都不客氣……你進去看看就知道……（諦諦走近洞穴裡，但不久就走出來。）

諦諦：青鳥不在裡面……你的疾病看起來都一副病厭厭的樣子……她們連頭都沒抬起來……（一個小疾病，穿著室內拖鞋、睡袍，戴著睡帽，從洞穴裡跑出來，雀躍不已。）看！……有個疾病溜出來了！……這是什麼病？

夜后：這不要緊，這是最小的疾病，也就是感冒……她受到的迫害最少，身體最好……（她把感冒叫過來）到這兒來，我的小疾病……現在時候太早了，要等春天到……

感冒打噴嚏、咳嗽，擤了擤鼻涕，回到洞穴裡。諦諦把門關上。

諦諦（走到旁邊另一扇門）：來看看這扇門吧……這裡面是什麼？

夜后：小心……那裡面是戰爭……他們比任何時候都更可怕、更有威力……萬一他們有人溜了出來，天知道會發生什麼事！……幸好，他們都很胖，動作很遲緩……你趁門打開的時候趕快看一眼，不過我們大家要準備好一起用力把門關上……

諦諦小心翼翼地打開一個小縫，剛好夠他往裡頭看一眼。立刻，他頂上了門，大聲叫喊。

諦諦：快，快！……把門關起來！……她們看見我了！……她們全都擁了上來！……她們想開門！……

夜后：大家一起來呀！……用力關上！……喂，麵包，你在幹什麼？……大家一起用力推呀！……她們力氣可大呢！……啊，好啦，成功了……她們不再推了……剛好來得及！……你看見了嗎？

諦諦：看見了，看見了！……她們都好龐大，真是嚇人！……我想青鳥不在她們那裡……

夜后：她們當然沒有青鳥……要是青鳥在她們那裡，她們會立刻吃了牠……現在，你看夠了吧？……再沒什麼好看的了……

諦諦：我所有的門都要看……光告訴我……

夜后：光告訴你……他害怕，安安穩穩待在家裡，光用嘴巴說說，多容易啊……

諦諦：去看看下一扇門……這裡面有什麼？……

夜后：我在裡面關著黑暗和恐怖。

諦諦：可以打開嗎？

夜后：當然可以……她們還滿安靜的，就像疾病一樣……

諦諦（帶著戒心，把門打開一點點，往裡面看了一眼）：她們不在裡面……

夜后（她也往門裡面看）：喂，黑暗，你們在做什麼？……出來透透氣吧，活動活動筋骨，你們會覺得舒服一點。恐怖，你也是……沒什麼好怕的……（有幾個黑暗和恐怖怯生生地往洞穴口走了幾步，一見諦諦有所動作，又匆匆縮了回去。黑暗和恐怖都是一副女人的模樣，前面幾個蒙著黑色面紗，後面幾個蒙著深綠色面紗。）噯，別怕……不過是個孩子，他不會傷害你們的……（對諦諦說）她們都變得好害羞，除了那幾個身材高大的，就是在那些在最裡面的……

諦諦（往洞穴最裡面看）：啊，她們看來好嚇人！……

夜后：她們都被綁著……她們是唯一不怕人類的……把門關起來吧，免得她們發起脾氣來……

諦諦（走到下一扇門）：喏！……這扇門顏色比較深……裡面有什麼？……

夜后：這扇門後面關著幾個神祕……如果你一定要看，可以打開來……但是別進去……千萬小心！另外我們也要準備隨時把門關起來，就像我們剛剛對戰爭做的那樣……

諦諦（小心翼翼地把門打開一點點，膽怯地把頭伸進門裡面）：啊！……好冷！冷得我的眼睛都痛起來！……趕快關上！……推呀！……用力推呀！……（夜后、狗、貓和糖合力推著門。）啊，我看見了！……

夜后：看見什麼了？……

諦諦（驚惶不定）：我也不知道，總之很可怕！……他們全都坐在那兒，像沒有眼睛的怪物……有個巨人想抓住我，他是誰？

夜后：大概是沉默吧。他看守著這扇門……很可怕吧？……你到現在臉色還是一片慘白，渾身發抖……

諦諦：是啊，我沒有想到會是這樣……我從來沒看過這種……我的手都凍僵了……

夜后：要是你繼續讓門開著，事情只會更糟……

諦諦（走到下一扇門）：這扇門呢？……裡面也那麼可怕嗎？

夜后：不會了。這裡頭什麼都有……我把派不上用場的星星、我個人的芳香、屬於我自己的亮光都放在裡面，像是燐火、白螢火蟲、黃螢火蟲，還有露珠，和夜鶯之歌等等。

諦諦：有星星、有夜鶯之歌……那麼青鳥應該是在這裡面了。

夜后：你想開就開吧。裡面的東西都不會讓人害怕……

諦諦大大敞開門。一顆顆的星星做美麗少女的打扮，披著五顏六色發著閃光的面紗，從洞穴裡溜了出來，他們散步在殿堂各處，在台階上、在柱子旁圍成一圈一圈的，身上忽明忽暗。幾乎無法察覺的夜之芳香、燐火、黃螢火蟲、透明的露珠也過來和星星會合。這時候夜鶯之歌從洞穴中流洩出來，傳遍了整個夜之宮殿。

蜜蒂（開心，拍拍手）：啊，好漂亮啊！……

諦諦：她們跳舞跳得真好！……

蜜蒂：她們聞起來好香！……

諦諦：她們唱歌唱得真好聽！……

蜜蒂：那個是誰啊？我幾乎看不見她！……

夜后：那是夜的芳香……

諦諦：那邊那些穿著玻璃服裝的又是誰？……

夜后：她們是森林和平原上的露珠……不過這夠了吧……真是一發不可收拾……他們一旦跳起舞來，就不容易再讓他們進洞穴……（擊掌）好了，快呀，星星！……現在不是跳舞的時候……天空上烏雲密佈……好了，快，都回去了，不然我去把太陽光找來……

星星、芳香等等，都害怕得逃回洞穴裡，諦諦和大家合力關上了門。夜鶯之歌也在這時候停了。

諦諦（走到後面那一扇大門）：這是中間的大門……

夜后（嚴肅）：這一扇門不能開。

諦諦：為什麼？……

夜后：因為就是不准……

諦諦：那麼青鳥就是藏在這裡了。光告訴我……

夜后（慈愛）：聽我說，孩子……我一直對你很好，事事順著你……我從來沒為別人做的事，我都為你做了……我把我所有的祕密都洩露給你了……我很喜歡你，我憐惜你年幼又天真無知，我像個母親一樣對你說話……聽我說，孩子，相信我，放棄吧，別再往前闖了，別再冒險，別打開這扇門……

諦諦（信念動搖）：究竟是為什麼？……

夜后：因為我不願意你自取滅亡……聽我說，因為開這扇門的人，哪怕是只開像頭髮那麼細的一個小縫，沒有人能再活著見到日光……因為我們所有能想到的可怕的事、所有的恐怖、所有的驚懼，和這深淵比起來一點也不算什麼；這深淵沒有人敢給它取名字，人的目光只要一接觸從它裡頭發出的第一道威嚇，一切就都完了……如果你不顧一切，執意要開這扇門，那請等我一下，讓我先在沒有窗戶的高塔裡躲起來你再開……現在就看你了，你好好地想一想……

蜜諦滿臉是淚，害怕得喊著。她想拉開諦諦。

麵包（牙齒打顫）：別開啊，我的小主人！……（跪了下來）可憐可憐我們啊！……我跪下來求你了……你要知道，夜后說得對啊……

貓：你犧牲的是我們大家的性命啊……

諦諦：我必須打開……

蜜諦（一邊哭，一邊急得跺腳）：別開！……別開！……

諦諦：糖和麵包，你們牽著蜜諦的手，帶著她離開這裡……我要開了……

夜后：快逃呀！……快跟我來！……現在還來得及！……

夜后逃走了。

麵包（抱頭鼠竄）：至少等我們跑到大廳的另一頭！……

貓（也逃之夭夭）：等等我！……等等我！……

他們全跑到殿堂另一頭的柱子後面。只有諦諦和狗站在那扇大門邊。

狗（因壓抑著自己的恐懼而忍不住打嗝、喘氣）：我，我留下，我留下……我不怕……我留下！……我留在我的小神仙身邊……我留下！……我留下……

諦諦（摸摸狗）：好，諦洛，太好了！……親我一下……我們有兩個人……現在我們要小心了！……（他把鑰匙放進鑰匙孔裡。在殿堂另一頭，那些躲在柱子後面的紛紛發出尖叫聲。鑰匙一碰觸到大門，兩扇高高的門扉就從中間打開來，慢慢向側邊滑去，消失在厚厚的牆中。突然眼前出現了一座籠罩在夜光之中的夢之花園，看來頗為夢幻、無邊無際、難以描摹、出人意表。群星閃亮，有無數美妙的青鳥在寶石、月光之間飛翔，動作優雅和諧，不斷變換著位置，直飛到天際。青鳥的數量多不勝數，彷彿就是吸吐的氣息、蔚藍的大氣、與仙境花園本身。諦諦站在花園的亮光之中，驚嘆、出神）哇！……這天空！……（轉頭看那些躲起來的）快來啊！……青鳥在這裡！……是青鳥！是青鳥！……我們終於找到了！幾千隻！幾百萬隻！……幾億隻的青鳥！……太多太多了！……來呀，蜜諦！……來呀，諦洛！

……大家都來看啊！……幫幫我！（撲向青鳥）用手抓就抓得到！……牠們一點都不怕人！……牠們不怕我們！……來呀，來呀！……（蜜諦他們都跑了過來。他們都走進這個絢爛的花園裡，除了夜后和貓。）你們看！……好多好多青鳥！……牠們會飛到我手上來！……看啊，牠們把月光當食物！……蜜諦，你在哪裡？……有好多藍色的翅膀、好多藍色的羽毛落下來，什麼都看不見了！……諦洛，別咬青鳥啊……別弄傷了牠們！……要輕輕地抓！

蜜諦（周圍都是青鳥）：我抓到了七隻！……啊，牠們拍拍翅膀！……我抓不住了！……

諦諦：我也抓不住！……我太多了！……牠們都飛走了！……又飛回來！諦洛也抓到青鳥了！……青鳥拉著我們！……要把我們拉上天空！……來啊，我們從這裡出去！……光等著我們！……光會很高興的！……從這裡走，從這裡走！……

他們離開了花園，兩手滿是拍打著翅膀的青鳥。穿過殿堂時，鳥兒的藍翅膀狂亂地拍打著，尤其是到了出口時，拍打得更是厲害。諦諦、蜜諦、狗從右邊他們上場的地方出場，沒有抓到鳥的麵包和糖緊跟在後。

舞台上只剩夜后和貓，他們一起走到殿堂後方，憂慮地看著花園。

夜后：他們沒抓到青鳥吧？

貓：沒有……我看見青鳥停在那片月光之上……他們搆不到牠，牠停得太高了……

幕落。在落下來的幕前面，光立刻從左邊走上舞台，同時諦諦、蜜諦和狗從右邊跑上舞台，滿手都是他們剛剛抓到的鳥。但是，這些鳥都不動了，頭下垂，翅膀折斷，都成了沒有生命氣息的鳥屍。

光：怎麼樣，你們抓到青鳥了嗎？……

諦諦：抓到了，抓到了！……要多少有多少……有好幾千隻呢！……牠們都在這兒！……你看到了嗎？……（他們把鳥拿給光看，這時候才注意到鳥都死了。）啊！……牠們都死了……是誰弄死了牠們？……蜜諦，你的也都死了？……諦洛的也是。（很生氣地把鳥屍甩在地上）啊！這太惡劣了！……到底是誰弄死了牠們？……我太倒楣了！……

諦諦把頭埋在手臂裡，哭了起來。

光（慈愛地將諦諦抱在懷裡）：孩子，別哭……你沒抓到那隻可以活在陽光下的青

鳥……青鳥飛到別的地方去了……我們下次會找到牠的……

狗（看著鳥屍）：這些能吃嗎？……

大家全都從左邊下場。

第五景　森林

一座森林。天很暗。有月光。各式各樣的老樹，有橡樹、山毛櫸、榆樹、白楊樹、冷杉、扁柏、椴樹、栗樹等。

貓上場。

貓（依次向各棵老樹問好）：大樹，你們好！……

所有的樹（樹葉沙沙作響）：你好！……

貓：今天是個大日子！我們的敵人要來釋放你們的能量，他這等於是自投羅網……那讓你們受苦了的是諦諦，那個樵夫的兒子……他在找那隻青鳥，也就是那隻知道我們所有祕密，而且你們自開天闢地以來就對人隱藏著的青鳥……（樹葉沙沙作響）你說什麼？……哦，是白楊樹在說話……沒錯，他擁有鑽石，能暫時解放我們的靈魂。他能強迫我們把青鳥交出來，這麼一來，我們從此就得受人類的支配……（樹葉沙沙作響）說話的是誰？……原來是橡樹……你好嗎？（橡樹發出沙沙聲）感冒還沒好？……甘草不再照顧你了嗎？……一直都風濕痛？……相信我，這都是因為苔蘚。你腳上苔蘚太多了……青鳥一直在你這兒？……（橡樹發出沙沙聲）你說什麼？……對，沒什麼好猶豫的了，必須利用這個機會，做掉他……（樹葉沙沙作響）似乎是這樣？……沒錯，他和他妹妹一起。她也得死……（樹葉沙沙作響）是的，狗陪著他們。沒辦法支開他……（樹葉沙沙作響）你說什麼？……收買狗？……這是不可能的……我什麼辦法都試過了……（樹葉沙沙作響）啊，是你，冷杉？……好，準備四塊板子……是的，他們還有火、糖、水，和麵包……他們都是我們的人，但是麵包有點不可靠……只有光是站在人類那邊的，不過她不會來……我騙孩子說要趁光睡覺的時候偷偷溜出來……機會難得……（樹葉沙沙作響）啊，現在是山毛櫸在說話！……是的，你說得對。要事先警告動物……兔子的鼓還在嗎？……兔子在你這裡？……好，要牠馬上打鼓……他們來了！……

兔子的鼓聲漸漸遠去。這時，諦諦、蜜諦和狗上場。

諦諦：是這裡嗎？……

貓（阿諛奉承、虛情假意、殷殷勤勤地跑去迎接孩子）：啊，我的小主人，你們來了……今天晚上，你們看來氣色真好，真是可愛……我趕在你們面前，好向大家說你們要來……一切都很順利。這一次我有把握我們一定會抓到青鳥的……我剛剛派了兔子打鼓，要這附近的動物都到這裡來集合……已經可以聽見牠們腳踩落葉的聲音……聽呀！……牠們有點膽怯，不敢靠近……（各種動物的聲音，像是牛、豬、馬、驢子等。貓把諦諦拉到一邊，低聲對他說話）你為什麼把狗也帶來？……我已經跟你說過了，狗和誰都處不好，甚至連和樹也一樣……我擔心他在這裡會壞了事。

諦諦：我甩不開他……（威脅狗）討厭的狗，你走開好不好！……

狗：誰走開？……我走開？……為什麼？……我做了什麼？……

諦諦：我叫你走開，你就走開！……很簡單，我們不需要你……你會干擾到我們！……

狗：我不說話……我遠遠跟著……你們看不見我的……你要我用後腿站嗎？……

貓（低聲對諦諦說）：他這麼不聽話，你受得了？……他真是教人忍無可忍，不如給他幾棍子！……

諦諦（打起狗來）：這樣你就會乖乖聽話了吧！……

狗（哀叫）：唉呀！唉呀！唉呀！……

諦諦：你還有什麼話說？……

狗：你打了我，我就必須抱抱你！……

他用力抱抱諦諦，對他又親又舔。

諦諦：好了……夠了……你可以走了！……

蜜諦：不，不。我要他留下來……他不在，我什麼都怕……

狗（往蜜諦身上一撲，幾乎把她弄倒。他熱熱切切地對她又親又舔）：啊，乖女孩！……她好漂亮啊！她心地真好！……她好漂亮啊！她真是溫柔！……我要親親她！一直親，一直親！……

貓：真蠢啊！……我們等著瞧吧……別浪費時間了……轉動鑽石……

諦諦：我該站在哪裡呢？

貓：站在月光下，你會看得比較清楚……就是這兒，輕輕轉動鑽石。

諦諦轉動鑽石。枝幹、樹葉立刻就久久地沙沙作響並抖動起來。最古老幾棵大樹的樹幹裂了開來，讓藏身在裡面的靈魂走了出來。不同的大樹有不同的靈魂。譬如，榆樹的靈魂是個挺著大肚子、脾氣很壞的侏儒；椴樹的靈魂溫和、親切、快活；山毛櫸的靈魂優雅又敏捷；白樺樹的靈魂含蓄、焦慮不安；柳樹的靈魂瘦弱、一頭亂髮、愛發牢騷；冷杉的靈魂細長、削瘦、沉默寡言；扁柏的靈魂具有悲劇性格；栗樹的靈魂高傲自大、打扮時髦；白楊樹的靈魂活潑、笨重、嘴碎。有些樹的靈魂慢慢地從樹幹裡走出來，它們好像是從長年的囚禁、百年的沉睡中被解放了出來，因此手腳麻木，要伸伸懶腰。還有些樹的靈魂是敏捷地從樹幹裡跳出來，非常熱情。

所有樹的靈魂都圍繞在兩個孩子四周，但也盡可能地靠近他們原先的樹幹。

白楊樹（第一個跑出來，大聲喊著）：是人！……是小小的人！……我們可以和他們說話！……我們不必再沉默了！……不必再沉默了！……他們從哪裡來的？……他們是誰？……他們是什麼樣的人？……（椴樹抽著煙斗，緩緩走向前。白楊樹對椴樹說）你認識他們嗎，椴樹？……

椴樹：我不記得曾經見過他們……

白楊樹：你認得的，咳，你認得的！……你認識所有的人，你總是在他們房子附近走動……

椴樹（細看孩子）：說實在的，我不認識他們……他們年紀還太小……我只認識一對對的情侶，他們總在月光下到我樹下來約會，或者認識一些到我樹底下喝啤酒的人……

栗樹（做作，扶了扶他的單片眼鏡）：這是些什麼人啊？……是鄉下的窮人嗎？

白楊樹：啊，栗樹啊，自從你只在大城市裡的林蔭大道出入以後……

柳樹（穿著木頭鞋，唉聲嘆氣地走過來）：天啊，天啊！……為了拿去燒柴，他們又來砍我的頭和手！……

白楊樹：大家安靜！……看，橡樹從他的王宮走出來了！……他今天晚上好像不太舒服……你們不覺得他老了許多嗎？……他到底幾歲了？……冷杉說他有四千歲了。但我想他太誇大了……注意，他要對我們說話了……

橡樹慢慢往前走。他年紀很大了，頭上戴著槲寄生做的冠冕，身穿一件衣襬有苔蘚做裝飾的綠色長袍。他是瞎子，白色的長鬍子隨風飄拂。他一手持有許多結節的枴杖，另一隻手攙著年輕的小橡樹。小橡樹引著他走。青鳥停在他的肩膀上。他走近時，各種樹都排成了一列，向他鞠躬。

諦諦：他有青鳥！……快，快！……從這邊走！……把青鳥給我！……

所有的樹：安靜！

貓（對諦諦）：脫帽吧，是橡樹來了！……

橡樹（對諦諦）：你是誰？……

諦諦：先生，我叫做諦諦……我什麼時候可以抓你身上那隻青鳥？……

橡樹：諦諦，你是樵夫的兒子？……

諦諦：是的，先生……

橡樹：你爸爸大大傷害了我們……光是我一家人，他就砍死了我六百個兒子、四百七十五個叔叔嬸嬸、一千兩百堂兄弟姊妹、三百八十個媳婦，和一萬兩千個曾孫！……

蒂蒂：先生，這些我都不知道……他也不是故意這麼做的。

橡樹：你來這裡做什麼？你為什麼要喚醒我們的靈魂？……

蒂蒂：先生，我很抱歉打擾了你們……是貓告訴我，你會跟我說青鳥藏在哪裡……

橡樹：對，我知道，你在找青鳥，也就是說在找事物的祕密和幸福，這樣人類就能讓我們更加受到奴役。

蒂蒂：不是這樣的，先生。碧露娜仙子的女兒生了重病，我們是為了她來找青鳥的……

橡樹（不讓蒂蒂說下去）：夠了！……我沒聽到動物的聲音……牠們在哪裡？……這件事不僅關係到我們，也關係到牠們……這麼重大的責任，不該只有我們來承擔……等人類知道我們做了我們即將做的事時，他們會大大報復我們的。我們應該立場一致，日後才不會交相指責……

冷杉（在其他的樹頭上看著）：動物來了……牠們都跟在兔子後面……有馬的靈魂、公牛的靈魂、閹牛的靈魂、母牛的靈魂、狼的靈魂、綿羊的靈魂、豬的靈魂、公雞的靈魂、山羊的靈魂、驢子的靈魂，和熊的靈魂……

動物的靈魂依次上場，冷杉一講到牠們的名字，牠們就走向前來，一個個坐在樹底下，只除了山羊的靈魂到處走來走去、豬的靈魂嗅著樹根。

橡樹：大家都到齊了嗎？

兔子：母雞放不下雞蛋、野兔要去跑步、雄鹿的角很痛、狐狸身體不舒服——這裡有醫生的證明。還有鵝不明白為什麼要集會、火雞發了脾氣……

橡樹：這樣棄權真是讓人遺憾……不過我們人數已經夠了……我的兄弟們，你們知道這次集會是為了什麼。在這裡的這個孩子，靠著從大地威力那裡偷去的護身符，能抓走我們的青鳥，也能奪去我們從生命起源開始即保有的祕密……我們都很瞭解人類，深知他們一旦擁有這個祕密，我們的命運會是如何不用說也知道。所以我覺得再猶豫下去不僅是愚蠢，也是犯下大罪……現在是關鍵時刻，必須要做掉這個孩子，免得太遲……

諦諦：他說什麼呀？……

狗（繞著橡樹，咬下他的樹皮）：看我牙齒的厲害，你這個老不修！……

山毛櫸（憤慨）：他竟敢罵橡樹！……

橡樹：是狗嗎？……把他趕出去！我們不能容忍我們之間有叛徒！……

貓（低聲對諦諦說）：你把狗趕到一邊去……這是個誤會……讓我來，我來排解一下……不過快點把狗趕到一邊去……

諦諦（對狗說）：你滾一邊去吧！……

狗：讓我來咬破這個糟老頭的苔蘚拖鞋！……我們來找點樂子！……

諦諦：住嘴啊你！……你走開啦……快走開啦，畜生！……

狗：好，好，我走……你需要我的時候，我再回來……

貓（低聲對諦諦說）：最好是把他綁起來，要不然他還會幹蠢事，樹一發火，到時候會壞事的……

諦諦：怎麼綁起來？……我把狗鍊弄丟了……

貓：看，長春藤來了，他正好帶著結實的藤子……

狗（叫著）：我會再回來，我會再回來！……你們這些渾身病痛的老傢伙、糟老頭！……是貓在這兒支配了一切！……我會讓她看我的厲害的！……你就只會這樣咬耳朵，出賣別人的叛徒！……汪，汪！汪！……

貓：你們看吧，他咒罵起所有的人……

諦諦：真的，他真是讓人受不了，我不想再聽牠說話了……長春藤先生，你能把他綁起來嗎？……

長春藤（畏懼地走向狗）：他不會咬我吧？

狗（叫著）：不會，不會！……我還要抱抱你呢！……等一下你就知道了！……靠近一點、靠近一點啊，你這老藤條！……

蒂蒂（拿棍子威脅）：蒂洛！

狗（搖著尾巴，趴在蒂蒂腳前）：我該怎麼做，我的小神仙？……

蒂蒂：趴下！……你要由著長春藤……讓他把你綁起來……否則……

狗（在長春藤把牠綁起來的時候，牠低聲地叫）：細繩子！……粗繩子！……牽牛的繩子！……綁豬的繩子！……我的小神仙，看啊……它扭了我的腳爪……它掐住了我脖子！……

蒂蒂：活該！……是你自找的！……住嘴，你別亂動，你真讓人受不了！……

狗：你錯了……他們存心不良……我的小神仙，你要小心啊！……它封了我的嘴！……我不能說話了！……

長春藤（他把狗綁得像個包裹似的）：要把狗放到哪兒去？……我綁得很結實……他不能再說話了……

橡樹：把他牢牢綁在我樹幹後面的粗大樹根上。我們再看看接下來該怎麼處置他……（白楊樹幫著長春藤把狗帶到橡樹後面）好了嗎？……好，現在我們甩開了這個討人厭的叛徒，我們可以依循著正義和真理來商議一下……我坦白跟各位說，我很沉痛，也很難過……這是我們第一次審判人類，讓人類知道我們是有力量的……我認為，人類在讓我們吃了這麼多苦頭之後、在讓我們遭受極不公平的對待之後，人類該受到什麼樣的判決是很清楚的了……

所有的樹和所有的動物：很清楚！……很清楚！……絞刑！……死刑！……有太多不公不義！……人類剝削了我們！……時間已經太久了！……我們砸死他！……我們吃了他！……馬上動手！……馬上動手！……

諦諦（對貓說）：他們怎麼了？……他們不高興嗎？……

貓：別擔心……他們因為春天遲到了，有點生氣……讓我來，我來排解排解……

橡樹：這項提議一定是個個都贊成的……現在，為了避免人類報復我們，我們要決定哪一種刑罰是最可行、最方便、最迅速、最穩當，而且是當人類在森林裡找到小屍體時是最不會留下痕跡的……

諦諦：這到底是怎麼回事？……他說這話是什麼意思？……我有點受不了了……青鳥既然在他那裡，他只要把青鳥給我就好……

公牛（往前走一步）：最可行、最穩當的刑罰，就是我用我的牛角狠狠往他肚子一頂。你要我這麼做嗎？……

橡樹：說這話的是誰？……

貓：是公牛。

母牛：最好是安靜點……我啊我可不想牽涉其中……看，在月光下延伸到那邊去的這一大片牧草都等著我吃……我可忙著呢……

閹牛：我也很忙。不過，我不管什麼都先贊成就是……

山毛櫸：我啊，我提供我最高的那根枝幹來吊死他們兩個……

長春藤：我可以提供活結……

冷杉：我可以提供四塊木板，做成小棺材……

扁柏：我可以提供墓地……

柳樹：最簡單的辦法是把他們淹死在我的一條河裡……這件事就讓我來做……

椴樹（講和）：夠了，夠了……我們真的有必要這麼極端嗎？他們還這麼年輕……我們大可以將他們關在監牢裡，這樣他們就不會危害我們。我來負責建造監牢……

橡樹：說這話的是誰？……我好像是聽到了椴樹甜美的嗓音……

冷杉：就是椴樹沒錯……

橡樹：我們當中也像動物一樣有了個叛徒？……到目前為止，我們很惋惜果樹們缺席了這次聚會，不過說起來他們並不是真正的樹……

豬（他滾動著小眼睛，露出貪吃的樣子）：我啊，我想應該先吃掉小女孩……她的肉一定很嫩……

諦諦：他在說什麼啊？……等一下，你們這些……

貓：我不知道它們怎麼了，不過事情看起來很不對勁……

橡樹：安靜……現在我們要來決定誰第一個出手，讓我們遠離自人類降生以來的最大危險……

冷杉：當然是橡樹你了，我們的國王、我們的族長……

橡樹：是冷杉在說話嗎？……不幸，我年紀太大了！我又瞎又殘，我的手臂麻木，不聽使喚……不，應該是你，我的兄弟，你永遠鮮綠、永遠筆直，應該是由你來代替我。你閱歷夠豐富，見識到了這裡大部分的樹的生長，所以解救我們的這個榮耀應該落在你身上……

冷杉：謝謝你，可敬的國王……不過埋葬這兩個人的榮耀已經落在我身上了，我擔心再由我動手，會讓其他樹木嫉妒。我想，除了我們兩個以外，年紀最大、最有資格，擁有最好的大棒子的是山毛櫸。

山毛櫸：你知道的，我身上被蟲蛀了，而且我的大棒子一點也不中用了……不過，榆樹和扁柏，它們都有強大的武器……

榆樹：我非常樂意效勞。不過我現在連站都站不穩……昨天晚上，一隻鼴鼠扭了我的大腳趾……

扁柏：我呢，我是準備好了……但是我和我的兄弟柏樹一樣，雖然我沒有埋葬他們的特權，但是至少我可以在他們墳墓上哭一哭……兼著做太多事恐怕不公平……不如問問白楊樹吧……

白楊樹：由我來動手？……你們想這可行嗎？……我的木質比孩子的肉還要嫩呢！……再說，我不知道我是怎麼了……我發熱、發抖……看看我的葉子……今天早上太陽升起時，我大概傷風了……

橡樹（生氣）：你們都怕人類！……即使是兩個孤立無援、沒有武器的小孩都讓你們莫名其妙地感到害怕，這使得我們永遠都得做個奴隸……不，我絕不接受這件事！夠了就是夠了！……既然是這樣，這個機會難得，我雖然又老又瞎、行動困難、全身發抖，我還是要獨自前往，去對抗我們的世仇！……他在哪裡？……（它用棍子摸索著前進，走向諦諦。）

諦諦（從口袋裡掏出小刀）：這個老傢伙，他拿著大棍子，是要來對付我吧？

所有的樹看見了小刀都發出驚恐的叫聲，因為小刀是人類神祕、難以抵抗的武器。所有的樹都介入調停，拉住了橡樹。

所有的樹：刀子！……小心！……刀子！……

橡樹（竭力掙脫）：放開我！……我不在乎！……管它是刀子或是斧頭！……誰拉住我？……怎麼，你們都在這裡？……什麼，你們全都這麼想？……（丟掉棍子）好吧，既然是這樣！……大家一起丟臉吧！……就讓動物來解救我們！

公牛：就是這樣！……讓我來！……我只要用角一頂！

閹牛和母牛（拉住公牛的尾巴）：你幹嘛攪進去？……別幹蠢事啊！……這是件麻

煩事！……會沒好下場的……我們會遭殃的……別插手啊……這件事該由野獸來管。

公牛：不，不！……這是我的事！……等著瞧吧！……別拉著我，我要他好看！……

諦諦（對大聲尖叫的蜜諦說）：別怕！……躲到我後面……我有刀子……

公雞：這小孩真有膽子啊！……

諦諦：那麼說，這顯然都是衝著我來？

驢子：當然的囉，小鬼，你花了那麼久的時間終於看出來了！……

豬：你可以禱告了，快，你的末日到了。但別擋著小女孩……我要把她看個夠……我要先吃掉她……

諦諦：我到底做了什麼？……

綿羊：小鬼，你什麼都沒做……雖然我的小弟弟、我的兩個妹妹、我的三個叔叔、我的嬸嬸、我的祖父祖母都被人殺掉……等著瞧吧，等你倒在地上，就會看到我也是有牙齒的……

驢子：而我有蹄子！……

馬（傲然地用前蹄踢蹬）：你一會兒就知道我們的厲害！……你比較喜歡我用牙齒撕咬你，或是用腳蹬死你？……（他昂揚地往諦諦走去，諦諦舉起他的刀子。突然，馬驚慌起來，轉過身子快逃）啊，不行！……這不公平！……規則並不是這樣！……他居然會自衛！……

公雞（掩飾不住他對諦諦的讚賞）：真厲害，這小子膽子真大……

豬（對熊和狼說）：我們一起衝上去吧……我在後面挺你們……我們撞倒他們，等小女孩倒地不起，我們一起分吃了她……

狼：你們在前面吸引住他們……我從後面偷襲……

狼繞到諦諦後面，從後面攻擊他，把他撞得半倒。

諦諦：你這個小人！……（他一隻腳跪在地上，撐起了身子，揮舞著刀子，盡力護衛他妹妹。蜜諦害怕得大叫。動物和樹木看見諦諦半倒在地上，全都湊近他，想要攻擊他。這時舞台突然轉暗。諦諦大聲地喊救命。）救我！救我！……諦洛！諦洛！……貓到哪兒去了？……諦洛！……諦蕾！諦蕾！……快來啊！快來啊！……

貓（假惺惺，站在一旁）：我幫不了你……我的腳剛剛扭傷了……

諦諦（擋住攻擊，竭力自衛）：救我！……諦洛！諦洛！……我快不行了！……他們人數眾多！……熊！豬！狼！驢子！冷杉！山毛櫸！……諦洛！諦洛！諦洛！……

狗拖著掙開了繩索，從橡樹後面跳出來，推開了樹木和動物，撲到蒂蒂面前，盡力地保護他。

狗（用力咬樹木和動物）：我來了！我來了！我的小神仙！……別害怕！我們通力合作！……我牙齒可利著呢！……來啊，熊，這口咬在你的大屁股上！……來呀，誰還想被咬一口？……這一口是給豬的，這一口是給馬的，還有這一口是給公牛的尾巴！來吧！我咬破了山毛櫸的褲子，和橡樹的裙子！……冷杉快滾吧！……呃，天氣真熱！……

蒂蒂（招架不住）：我快招架不住了！……扁柏在我頭上用力打了一下……

狗：唉喲！柳樹打了我一下！……他打斷了我的爪子！……

蒂蒂：他們都一起上了！全都一起衝過來！……這一次，是狼帶頭！……

狗：等等，讓我來伺候他！……

狼：笨蛋！……我們的好兄弟！……他們的父母溺死了你的孩子啊！……

狗：他們做得好！……好極了！……他們跟你們很像！……

所有的樹木和所有的動物：叛徒！……白癡！……你這叛徒！你這不忠的人！你這蠢蛋！……你這小人！……丟下他吧！他死定了！你加入我們吧！……

狗（很有活力，忠心耿耿）：不！不！……我一個對抗你們全部！……不！不！……我效忠於我的主子、效忠於最優秀的人、最偉大的人！……（對諦諦說）小心熊！……提防公牛……我要攻擊他的咽喉……唉喲！……我被踢了一腳……驢子弄斷了我兩顆牙……

諦諦：我招架不住了，諦洛！……唉喲！……是榆樹攻擊了我……看吶，我的手流血了……不是狼，就是豬……

狗：等一等，我的小神仙……讓我抱抱你。這兒，讓我舔舔你……這樣你會好過些……待在我身後……他們不敢再往前進了……啊，不對！……他們又來了！……啊！這一出手，可是來真的。我們要撐住了！

諦諦（跌坐在地上）：不行，我撐不住了……

狗：有救兵來了！我聽見了，我聞到了！……

諦諦：在哪裡啊？……是誰來了呢？……

狗：那裡！那裡！……是光來了！……她找到我們了！……我們得救了，我的小國王！……抱抱我吧！……得救了！……看啊！……他們都起了戒心！……他們都躲遠了！……他們都害怕了！……

諦諦：光！……光！……來啊！……快點來啊！……他們都造反了！……他們全都攻擊我們！……

光上場。她愈往前進，晨曦愈升愈高，照亮了整個森林。

光：怎麼了？……發生了什麼事？……可憐的孩子！你難道不知道該怎麼做嗎？……轉動一下鑽石！他們就會回到寂靜、黑暗中，你也不會再看到他們內在的各種感受……

諦諦轉動鑽石。所有樹的靈魂都急忙回到樹幹裡，樹幹又閉合了起來。所有動物的靈魂也同時消失了。只看見遠處有一隻母牛和一隻綿羊吃著草，諸如此類。森林又變得平靜。諦諦很吃驚地看著他四周。

諦諦：他們到哪兒去了？……他們怎麼了？……他們剛剛都瘋了嗎？……

光：不是的，他們一直都是這樣，只是我們不知道，因為我們看不見……我早跟你說過了，我不在的時候，如果你喚醒他們是很危險的……

諦諦（擦擦他的刀子）：真是的，要是沒有狗、沒有這把刀子真不知道會怎麼樣……我真不敢相信他們會這麼兇惡！……

光：你現在可知道了，在這個世界上，人類是單獨和一切作著對……

狗：我的小天神，你沒有受傷吧？……

諦諦：我沒事……他們也沒傷到蜜諦……倒是你，我的好諦洛……你的嘴巴流血，你的爪子也折斷了吧？……

狗：這沒什麼……明天傷就好了……但今天真是好驚險！……

貓（跛著腳從樹林中走出來）：真的！……閹牛在我肚子上用角頂了一下……雖然沒有傷口，但真是痛死我了……還有橡樹也折斷了我的爪子……

狗：我倒想知道是你哪一隻爪子？

蜜諦（撫摸著貓）：可憐的諦蕾，這是真的嗎？……你剛剛躲到哪裡去了？……我都沒看到你……

貓（虛偽）：就在那隻可惡的豬想吃你的時候，我攻擊他，就立刻受了傷……就在這時候橡樹又打了我一拳，讓我頭昏眼花……

狗（咬牙切齒地對貓說）：你啊，我有句話要跟你說……你會遭報應的！……

貓（對蜜諦抱怨）：你看啊，他欺負我……他想要對我不利……

蜜諦（對狗）：你這討厭的狗，就別找她麻煩了……

他們全都一起下場。

幕落

第四幕

第六景　在幕前

諦諦、蜜諦、光、狗、貓、麵包、火、糖、水和牛奶一起上場。

光：我剛剛收到碧露娜仙子的訊息，說青鳥可能就在這裡……

諦諦：在哪裡呢？……

光：在這裡，就在這道牆後面的墓園裡……好像這墓園裡有個死人把青鳥藏在他的墳墓裡……問題是哪一個死人……我們必須一個一個查看。

諦諦：一個一個查看？……該怎麼做才好呢？……

光：這很簡單，為了不要太過打擾他們，你到了午夜轉動一下鑽石，我們就會看到他們從墳地裡出來，或者是在墳地裡看到那些不出來的死人……

諦諦：他們不會發起脾氣來吧？……

光：絕對不會，他們甚至不會意識到……他們不喜歡有人打擾他們，不過因為是半夜，他們習慣在這個時候出來，所以不會妨礙到他們……

蒂蒂：那為什麼麵包、糖、和牛奶臉色都這麼蒼白，為什麼他們一句話都不說？……

牛奶（搖搖晃晃）：我覺得我會變酸了……

光（低聲對蒂蒂說）：別理他……他們害怕死人……

火（蹦蹦跳跳）：我啊，我可不怕！……我習慣燒死他們……從前我全將他們燒死，那時候比現在好玩多了……

蒂蒂：為什麼蒂洛一直發抖？……他也害怕嗎？

狗（牙齒打顫）：我啊？……我沒發抖！……我啊從來也不怕的，不過如果你抽身離開，我也會跟著走的……

蒂蒂：貓怎麼一句話也不說？……

貓（故做神祕）：我知道是什麼回事……

蒂蒂（對光說）：你和我們一起來？……

光：不，我最好是和各種東西以及動物留在墓園的門口……時間還沒有到……光不能進入死人的區域……我得讓你和蜜蒂單獨進去……

蒂蒂：蒂洛不能和我們一起去嗎？……

狗：可以，可以，我跟你們去，跟你們去……我要留在我小神仙的身邊！

光：不行……仙子有交代只能讓蒂蒂、蜜蒂自己去。再說，又沒什麼好怕的……

狗：好吧，好吧，算了……要是那些死人很兇惡，我的小神仙，你只要像這樣吹一下口哨（吹口哨）我就會趕來……就像在森林裡一樣，汪！汪！汪！……

光：好了，再見，我親愛的小朋友……我就在不遠的地方……（她抱抱兩個孩子）愛我的人和我愛的人隨時都能找到我……（對各種東西和動物說）大家跟我來……

光和各種東西、動物下場。孩子留在舞台中間。布幕拉起，露出了第七景的布景。

第七景　墓園

天色很暗。月光。鄉間墓園。許多墳墓，長著青草的土墩，十字架，墳墓的蓋板，等等……。諦諦和蜜諦站在一塊墓碑旁。

蜜諦：我好害怕！

諦諦（不太安心）：我呢我才不怕……

蜜諦：你說，死人會很兇嗎？……

諦諦：才不會呢，因為他們都不是活人了。

蜜諦：你見過死人嗎？

諦諦：見過一次，在我還很小的時候……

蜜諦：你說，他們是什麼樣子？……

諦諦：全身白白的，很安靜、很冰冷，而且都不說話……

蜜諦：你說，我們會看見死人嗎？……

諦諦：當然了，因為光是這麼說的……

蜜諦：死人在哪裡呢？……

諦諦：在這裡，在草坪底下，或是在這些大石頭底下……

蜜蒂：他們整天都在那兒嗎？……
蒂蒂：對。
蜜蒂（指指墳墓的蓋板）：這是他們家的門？……
蒂蒂：對。
蜜蒂：天氣好的時候，他們會不會出來？……
蒂蒂：他們只能在晚上出來……
蜜蒂：為什麼？……
蒂蒂：因為他們只穿睡衣……
蜜蒂：下雨的時候，他們出來嗎？……
蒂蒂：下雨的時候，他們都待在家裡……
蜜蒂：你說，他們家舒不舒服呢？……
蒂蒂：聽說他們家很小……
蜜蒂：他們都有小孩嗎？……
蒂蒂：當然！死掉的小孩都在他們這裡……
蜜蒂：他們靠什麼過活？……
蒂蒂：他們吃草根……
蜜蒂：我們看得見他們嗎？

諦諦：當然看得見，因為只要一轉動鑽石，什麼都能看見。
蜜諦：他們會說什麼？……
諦諦：他們什麼也不說，因為他們不說話。
蜜諦：為什麼他們不說話？……
諦諦：因為他們沒話好說……
蜜諦：為什麼他們沒話好說？……
諦諦：你好煩……

一陣沉默

蜜諦：你什麼時候轉動鑽石？……
諦諦：你知道的啊，光說要等到午夜，因為這樣比較不會打擾他們……
蜜諦：為什麼這樣比較不會打擾他們？……
諦諦：因為他們都在這時候出來透透氣。
蜜諦：還沒午夜嗎？……
諦諦：你看到教堂的鐘嗎？……
蜜諦：嗯，我連小秒針都看到了……

諦諦：就要午夜了，鐘要響了……剛剛好！……你聽見了嗎？……

鐘敲了十二響。

蜜諦：我想離開這裡！……

諦諦：現在不能走……我要轉動鑽石了……

蜜諦：別，別！……別轉動鑽石！……我要離開這裡！……哥哥，我好害怕！……我怕得發抖呢！……

諦諦：但這又沒危險……

蜜諦：我不想看死人！……我不想看死人！……

諦諦：好吧，你閉上眼睛，這樣你就看不到了……

蜜諦（緊緊拉著諦諦的衣服）：諦諦，我不要，我不要！……我受不了了！……死人就要從地底出來了！……

諦諦：別發抖啊……他們只不過出來一會兒……

蜜諦：你也在發抖啊！……他們會很可怕的！……

諦諦：時候到了，把握機會……

諦諦轉動鑽石。一切都靜止不動、闃然無聲，非常嚇人。然後十字架慢慢地搖晃起來，土墩裂了開來，墳墓的蓋板打了開來。

蜜諦（躲在諦諦懷裡）：他們出來了！他們就要出來了！……（這時候，所有的墳墓都裂了開來，漸漸地露出了一朵朵的花，先是像水氣一樣稀薄、畏怯，繼而變白、變純潔，花開得愈來愈茂盛，愈來愈高大，姹紫嫣紅，煞是好看。花朵漸漸覆滿了所有的東西，將墓園變為像是仙境的花園。不久，晨曦的第一道光線照射了了進來。露珠晶瑩、花朵盛開、微風吹拂著綠葉、蜜蜂嗡嗡、小鳥也醒了過來。小鳥唱詠太陽和生命的醉人歌聲也充滿了整個空間。諦諦和蜜諦非常驚喜，目瞪口呆，兩人手拉著手，在花叢中走了幾步，尋找著墳墓的蹤跡。蜜諦在草坪中找著）死人在哪裡呢？……

諦諦（也在找）：這裡沒有死人啊……

幕落

第八景　在有美麗雲彩的布幕前

諦諦、蜜諦、光、狗、貓、麵包、火、糖、水，和牛奶上場。

光：我想這一次我們會抓到青鳥。我早該想到來這裡找的……但直到今天早上的晨曦讓我恢復體力以後，這個念頭才像一道光線一樣照進我腦子裡……我們這時來到了魔法花園，這個花園的守衛是命運，在花園裡有人類一切的歡樂和幸福……

諦諦：有很多歡樂和幸福嗎？我們也能有歡樂和幸福嗎？他們個子都很小嗎？……

光：他們有些是小個子，有些是大個子，有些是大胖子，有些很瘦弱，也有些很漂亮，有些長得比較不好看……不過，不久之前，最淘氣的都被逐出了花園，他們都住到了不幸那裡去。需要說明的是，不幸就住在另一個相鄰的洞穴裡，這洞穴和幸福花園相通，之間只隔著一層水氣或一層薄幕，從正義或是從永恆那裡吹來的風，常常會把這層薄幕掀開來……現在，我們要組織起來，並且做好預防措施。通常，幸福都是很善良的，不過，他們當中也有些比最大的不幸來得更危險、更狡詐……

麵包：我有個提議！如果他們既危險又狡詐，我們最好全都在門邊等著，一旦孩子不得不趕快逃的時候，我們不就可以前去搭救？……

狗：不好！……不好！……我的小神仙到哪兒，我就跟到哪兒！……害怕的就待在門邊！……我們不需要（看麵包）膽小鬼，也不需要（看貓）叛徒……

火：我啊，我要跟著去！……這看起來很有趣的樣子！……我們可以一直跳舞……

麵包：裡面可有東西吃？……

水（呻吟）：我從沒見過最小的幸福！……我想看一看他們！……

光：都別再說了！沒有人問你們的意見……我的決定如下：狗、麵包和糖，你們陪著孩子去。水不進去，因為她太冷冰冰了，火也不進去，因為他太不安分了。我力勸牛奶留在門口，因為他太容易動感情了。至於貓，她愛怎樣就怎樣……

狗：她害怕了！……

貓：我順便去跟幾個不幸打招呼，他們都是我的老朋友了，就住在幸福的隔壁……

諦諦：那你呢，光，你不跟我們一起來嗎？……

光：我不能這樣到幸福那裡，大部分的幸福都承受不住我的光……不過我有一塊厚面紗，我去拜訪幸福的時候就要戴上……（她展開一條長面紗，仔細地把自己裹起來）不能讓我靈魂的光嚇到他們，因為有很多幸福非常膽小，而且過得不快樂……好了，把我自己裹起來，那些最不可愛的、最肥胖的幸福也就不用害怕了……

布幕拉開，露出了下一個場景

第九景　幸福的花園

布幕拉起時，可以看見花園前景是一間有高大大理石柱的大廳，在大理石柱間懸掛著一張張豔紅色的沉甸甸帷幕，用金色的繩索繫著。帷幕遮住了整個背景。大廳的建築帶有文藝復興時期威尼斯或佛萊明文化中最浮華、最豪奢的色彩（帶有文藝復興時期威尼斯畫派畫家委羅內塞和佛萊明畫家魯本斯的情調）。大廳裡有花環、滿盛食物的角型器皿、渦形花飾、花瓶、雕像、金漆等等。中間，放著一張鑲嵌著碧玉和紅寶石的厚實桌子，上面擺著燭台、水晶器皿、金銀餐具，和一盤盤的美饌佳餚。在桌子旁邊有一群肥胖的人間幸福，他們吃著、喝著、叫著、唱著、騷動著、躺臥著，或是睡著覺，周圍盡是各種山林野味、珍奇水果，還有水壺酒甕翻倒在地。他們全都胖嘟嘟的，臉色紅通通，身上穿著絲絨、錦緞，頭戴金冠、珍珠冠、寶石冠。美麗的女奴不停地端上豐盛的菜餚、冒著泡泡的飲料。音樂以銅管樂器為主，曲調通俗、輕快、粗野。一道沉濁、紅色的光籠罩著舞台。

諦諦、蜜諦、狗、麵包和糖圍繞著光，從左邊前景出現，先是顯得膽怯，然後就急匆匆地上了場。貓什麼都沒說，往舞台後方走去，從右邊掀開了幽暗的帷幕，就消失在帷幕後面。

諦諦：這些笑笑鬧鬧、吃著這麼多好東西的胖胖先生是誰呢？

光：這是最肥胖的人間幸福，用肉眼也能看得見他們。雖然可能性不高，但是青鳥說不定一時就迷失在他們之間。所以你暫時別轉動鑽石。我們按例先在這大廳裡找找。

諦諦：我們可以靠近他們嗎？

光：當然可以。他們並不兇，雖然他們很粗野，而且通常沒什麼教養。

蜜諦：他們有漂亮的蛋糕！……

狗：還有野味和臘腸！有羊腿肉、有小牛肝！……（鄭重宣告）再沒有什麼比小牛肝更美味、更好、更有價值的了！……

麵包：除了用精白麵粉所發的四磅麵包！他們的麵包多好啊！……那麵包真漂亮！真是漂亮！……它們發得比我還大！……

糖：對不起，對不起，一千個對不起……我可以說話了嗎，我可以說話了嗎……我不想得罪任何人，不過別忘了糖在這張桌上的榮耀地位，我敢說糖的美味超越了這大廳的一切，甚至可以說超越了世上的一切……

諦諦：他們看起來真是又滿意又快活！……他們叫著、笑著！他們還唱著歌！……我想他們看見我們了……

的確，十來個最肥胖的幸福從桌邊站起來，捧著肚子，步履艱難地往孩子這群人的方向走來。

光：別害怕，他們是很好客的……他們說不定要請你吃飯……別答應，什麼都別答應，我擔心你忘了你的任務……

蒂蒂：什麼？連吃一小塊蛋糕都不行嗎？蛋糕看起來那麼好吃、那麼新鮮，還有一層糖霜、蜜餞，滿滿是奶油！……

光：它們很危險，會讓你喪失了意志力。要完成使命，就得做些犧牲。禮貌而堅定地拒絕他們的邀請。他們來了……

最肥胖幸福（向蒂蒂伸出手來）：你好，蒂蒂！

蒂蒂（吃驚）：你認識我？……你是誰呢？……

最肥胖幸福：我是最肥胖的幸福，名叫有錢幸福。我謹代表我的兄弟來邀請你和你的家人參加我們的流水席。你們可以跟人間真正的肥胖幸福同坐一桌。讓我來為你們介紹他們當中幾位重要人士。這位是我的女婿，擁有地產幸福，他的肚子像顆梨。這位是滿足虛榮心幸福，他的臉雖然浮腫，卻很優雅。（滿足虛榮心幸福以保護者的神態向蒂蒂等人致意。）這兩位是不渴而飲幸福和不餓而食幸福，他們的腿是通心粉。（他們搖搖晃晃地致意。）這位是一無所知幸福，他是聾子，聾得像個罐子。這位是不求理解幸福，他是盲人，盲得像鼴鼠一樣。這位是遊手好閒幸福，這位是睡懶覺幸福，他們的手是白白的麵包心做的，眼睛是桃子凍做的。最後這位是哈哈大笑，他的嘴巴一直咧到耳朵旁，他總是忍不住笑……

哈哈大笑捧腹大笑地向大家致意

諦諦（指著一個站在一旁的肥胖幸福）：那這位不敢靠近我們，又轉過背去的是誰？

最肥胖幸福：別理他。他有點不好意思，我不好把他介紹給孩子認識……（抓住諦諦的手）來呀，跟我來呀！我們重開宴席……這是從清晨以來第十二次了。我們就等你們來……你們可聽見了所有的客人都大聲嚷嚷著要你們上桌？……我無法一一為你們介紹，他們人太多了……（伸出手臂讓兩個孩子挽著）讓我帶你們到兩個貴賓席上……

諦諦：謝謝你，肥胖幸福先生……我很遺憾……我這個時候不能和你們吃飯……我們很急著找到青鳥。你會不會碰巧知道青鳥在哪裡？

最肥胖幸福：青鳥？……等一下，我想想……對了，對了，我想起來了……從前有人跟我提過……我想，這是一隻不能吃的鳥。總之，牠沒出現在我們的餐桌上……我必須說，我們不太看得起這種鳥……不過你別費事去找了，我們這兒有許多比青鳥更好的東西……你們不如就來跟我們一起生活，看看我們所做的事……

諦諦：你們都做些什麼事？

最肥胖幸福：我們一直忙著什麼都不做……我們一刻也不歇息……必須吃吃喝喝睡睡，這是很耗精神的……

諦諦：你們這樣很開心嗎？

最肥胖幸福：當然囉……必須這麼做，反正這世上也沒別的事做……

光：你真的這麼認為？……

最肥胖幸福（指著光，低聲問諦諦）：這位沒教養的年輕小姐是誰？……

在上述這段時間裡，一群次等地位的肥胖幸福拉著狗、糖和麵包到餐桌上去。諦諦突然發現他們熱熱切切地上了桌，吃著、喝著，歡欣鼓舞。

諦諦：光，你看！……他們上了桌！……

光：把他們叫回來！不然可會壞事！

諦諦：……諦洛！……諦洛！回來……你馬上回來這裡，聽到了嗎！……還有你們，糖和麵包，誰讓你們離開我身邊的？……你們沒有得到允許，去那裡幹嘛？

……

麵包（滿嘴都是食物）：你對我們說話就不能客氣一點嗎？

謫謫：怎麼？現在麵包對我說話也不禮貌起來了？……你怎麼會變這樣？還有你，謫洛！……你這樣子叫做聽話嗎？快，回到這裡，跪下來，跪下來！……快一點！

……

狗（在桌子一頭低聲地說）：我吃飯的時候，誰也叫不動我，我什麼也聽不見……

糖（甜蜜）：原諒我們啊，我們如果這樣離開是會讓親切的主人不開心的……

最肥胖幸福：你們看吧！……他們是你們的好榜樣……快來啊，我們等著你們……我們可不准你們拒絕……我們就得用強迫的方法……來啊，所有的肥胖幸福，來幫我！……把他們硬拉到餐桌上去，讓他們不由自主地快樂快樂！

所有的肥胖幸福都叫著、跳著，把兩個奮力掙扎的孩子拉到餐桌上去。哈哈大笑則用力地抱住了光的腰。

光：現在是轉動鑽石的時候了！……

諦諦聽命轉動了鑽石。舞台立刻明晃晃地亮了起來，呈淡粉紅色，勻稱、輕盈。前景笨重的裝飾、紅色的帷幕都卸了下來，消失了，露出了一座如仙境般的花園，平和、靜謐。還有一座綠蔭深深的王宮，在枝繁葉茂、光影掩映、井然有致的和諧景象之間，有百花芳香醉人、清泉汩汩噴湧，這種極樂的景況似乎直達天際。剛剛那張盛滿食物的餐桌也一下子失去了蹤跡。肥胖幸福的絲絨、錦緞、冠冕，被舞台上刮起的一陣明亮的風一吹，全都被吹掀了起來，破成碎片，落在地上。他們堆滿笑意的面具也掉在腳邊，一個個被嚇得驚慌失色。看得出來他們全都像是氣球洩了氣一樣、像泡沫破了一樣，大家面面相覷，在炫目扎人的光線下眨著眼睛。他們全都露出了本來的面目，也就是說赤裸、醜陋、鬆弛、悽慘。他們因羞愧、因害怕而大聲叫喊。尤其是哈哈大笑的叫聲最大，壓過了其他人。只有不求理解幸福保持著平靜，其他的幸福則四散奔逃，希望能在最陰暗的角落找到藏身之處。但在這麼明亮的花園裡哪有陰暗的角落。因為大部分的幸福出於絕望，決心越過右邊那道通往不幸的洞穴的可怕帷幕。每次只要有幸福在驚慌中掀起帷幕的一角，洞穴中就傳來一陣陣叫罵、詛咒。至於狗、麵包和糖，都拉低了耳朵，沮喪地回到孩子身邊。他們都覺得很羞愧，躲到了孩子後面。

諦諦（看著肥胖幸福奔逃）：天啊，他們好醜喔！……他們要跑到哪裡去？……

光：說真的，我覺得他們都錯亂了……他們竟然要跑到不幸那裡去，我擔心不幸會永遠地留住他們……

蒂蒂（看著他身邊，讚嘆）：啊！好漂亮的花園，好漂亮的花園！……我們人在哪裡？……

光：我們沒換地方。是眼睛看事物的角度變了……我們現在看到的是事情的真面目。在鑽石之光的照射下，我們看見了各種幸福的靈魂。

蒂蒂：真是好漂亮啊！……天氣真好啊！……好像是夏天……咦，好像有人走近了，來找我們了……

事實上，花園裡漸漸出現了像天使一樣的人物，她們好像剛從長長的睡眠中醒過來，優優雅雅地在樹木之間穿行。他們身穿明亮的裙衫，色調細膩柔和，有如玫瑰初醒、水波的微笑、清晨的蔚藍天空、琥珀般的露珠等等。

光：看吶，這裡走來了幾位和藹可親又充滿好奇心的幸福，我們可以向他們打聽……

蒂蒂：你認識他們？

光：是啊，他們我全都認識。我常到他們家裡去，只是他們並不知道我是誰……

諦諦：好多人啊！好多人啊！……他們從四面八方走出來！……

光：從前他們人更多。那些肥胖幸福常和他們過不去。

諦諦：沒關係，他們還有好多人……

光：等鑽石在整個花園裡發揮效力，你會看到更多……這世上有比我們所想像的還要多的幸福。不過大部分的人都意會不到……

諦諦：看啊，那裡有幾個小幸福的過來了。我們去見見他們……

光：不必。那些和我們有關的都會從這裡經過。我們沒有時間去認識其他的……

一群小幸福蹦蹦跳跳、嘻嘻笑笑地從樹林深處跑了出來，圍繞著孩子兜著圈圈跳舞。

諦諦：他們好可愛、好可愛！……他們是從哪兒來的，他們是誰？……

光：這是兒童幸福……

諦諦：我可以和他們說話嗎？

光：你和他們說話也沒用。他們會唱、會跳、會笑，但他們還不會說話……

諦諦（亢奮）：你們好！你們好！……啊，那邊那個胖胖的在笑呢！……他們的臉頰紅通通得好可愛，他們的衣服好漂亮！……他們全都很富有嗎？……

光：才不是呢。這裡和別的地方一樣，窮人比富人多很多……

諦諦：窮人在那裡？……

光：我們分不出來……兒童幸福總是穿著天地間最漂亮的衣服。

諦諦（忍耐不住）：我要和他們一起跳舞……

光：這是絕對不行的，我們沒時間了……我已經看到青鳥不在他們這裡……再說，他們也很忙，你看，他們已經走遠了……他們也沒時間浪費，因為童年的時光是很短暫的……

這時候另一群比剛剛更高大的幸福迅速地來到花園裡，他們高聲地唱著歌：「他們來了！他們來了！他們看見我們了！他們看見我們了！……」他們圍著孩子快樂地跳著民間舞蹈。舞蹈終了，一個看來像是他們頭子的幸福走向諦諦，向他伸出手來。

幸福：你好，諦諦！……

諦諦：又有一個認識我的……（對光說）到處都有人認識我……你是誰？……

幸福：你不認得我？……我敢打賭所有在這裡的人你一個都不認識……

諦諦（很不好意思）：是不認識……我不知道……我不記得曾經見過你們……

幸福：你們聽見了嗎？……我就知道是這樣！……他從沒見過我們……（所有的幸福都笑了起來）我的小諦諦，你其實是認識我們的！……我們整天都圍繞在你身邊！……我們和你一起吃、一起喝、一起起床、一起呼吸，我們一直和你生活在一起！……

諦諦：對，對，沒錯，我知道，我想起來了……但我想知道你們的名字……

幸福：我很清楚你什麼都不知道……我是你家幸福的頭頭。這些都是住在你家的其他幸福……

諦諦：我家裡有很多幸福嗎？

所有的幸福都大笑起來。

幸福：你們聽見他說什麼了嗎！……你家裡是不是有很多幸福……你這可憐的孩子，你家的幸福多得連門、窗都要擠掉了呢！……我們笑、我們唱、我們創造了許多歡樂，樂得連牆都可以推倒、連屋頂都可以掀掉，但我們是白費功了，因為你什麼也沒看到、什麼也沒聽到……我希望你以後會對我們公道一點……這時候你要和我們當中最顯貴的握握手……一等你回家，你會比較容易認出他們來……然後在度過美好的一天之後，到晚上你能以一個微笑來鼓勵他們、以一句親切的話來謝謝他們，因為他們真的是盡了全力讓你的生活過得輕鬆快樂……我先來介紹我自己，我是健康幸福……我雖然不是最可愛的，卻是最實在的。你以後會認得了我吧？……這位是清新空氣幸福，他幾乎是透明的……這位是孝敬父母幸福，他總是穿著灰色衣服，神情有點悶悶不樂，因為人家都不看他一眼……這位是藍天幸福，他當然是穿著藍色衣服。還有這位是森林幸福，當然他都是穿著綠色衣服，每當你從窗外看出去就會看到他……還有這一位是陽光時刻幸福，他衣服顏色似鑽石，還有春天幸福，他穿著翠綠的服裝……

諦諦：你們每天都穿得這麼漂亮嗎？……

幸福：是啊，每一天、每一個家庭，只要有人張開眼睛，對我們都是星期天……然後一到晚上，就有夕陽幸福，他比世上的任何國王都要俊美，接著還有看星星升起幸福，他像古代的天神一般金光閃閃……然後在天氣不好的時候有雨天幸福，他全身掛滿了珍珠，還有冬天爐火幸福，他為凍僵的手覆蓋上他鮮紅色的大衣……我還沒說到我們當中最好的一位，也就是無邪思想幸福，他是我們當中最明徹的，他幾乎算是通體透明的大歡樂的兄弟，你們待會兒就會見到這些歡樂的……然後，還有呢……說真的，他們人數眾多！……我們是說不完的了。我應該先去告訴大歡樂，他們就在那上面，靠近天上的那幾道門，他們還不知道你們來了……我要派最敏捷的赤腳在露珠上跑幸福去通知他們……（他對蹦蹦跳跳走上前來的赤腳在露珠上跑幸福說）快去吧！……

在這時候，一個穿著黑色緊身衣的小魔鬼發出怪叫，推倒了眾人。他湊近諦諦，用手彈彈他的鼻子、在他頭上打幾巴掌，還用腳踢他。

諦諦（生氣地大叫）：這個野蠻的小魔鬼是誰？

幸福：唉！這又是那個「讓人受不了快樂」從不幸的洞穴裡溜出來了。我們不知道把他關在哪裡好。不管把他關在哪裡，他都會偷溜。就連不幸他們也不想留下他。

小魔鬼繼續戲弄諦諦，諦諦防衛也沒用。突然，小魔鬼大笑出聲，莫名其妙地消失了，一如他出現一樣突然。

諦諦：他怎麼了？他有點瘋瘋癲癲的？

光：我不知道。你不乖的時候好像就跟他一樣。不過我們趁這時候，應該問問青鳥的事。你家幸福的頭頭說不定知道青鳥在哪裡……

諦諦：青鳥在哪裡？

幸福：他竟然不知道青鳥在哪裡！……（所有的你家幸福都笑了起來）

諦諦（惱怒）：我就是不知道啊……這有什麼好笑的……

又是一陣笑聲。

幸福：唉呦，別生氣嘛……我們現在要正經一點……他就是不知道，你也拿他沒辦法，他並不比其他人類更可笑……看，赤腳在露珠上跑幸福已經通知了大歡樂，他們都往我們這邊來了。

的確，幾個像天使般高大、美麗的人，穿著閃閃放光的裙衫，慢慢地走近前來。

諦諦：她們好漂亮啊！……她們為什麼都不笑？……她們都不快樂嗎？

光：並不是會笑的人才是最快樂的人……

諦諦：她們是誰？

幸福：她們是大歡樂……

諦諦：你知道她們叫什麼名字嗎？

幸福：當然知道。我們常和她們一起玩……走在大家前面的，是正義歡樂。每當不正義嚐到苦頭，她就會微笑。我還太年輕，從來沒見過她微笑。在她後面的是善良歡樂，她是最快樂的，但也是最悲傷的。她很愛去安慰不幸，誰都很難勸阻她。右邊的是工作完成歡樂，在她旁邊的是思想歡樂。接下來是明白歡樂，她總是在找她的弟弟，一無所知幸福……

蒂蒂：我見到她的弟弟了！……他和肥胖幸福一起到不幸那裡去……

幸福：我就知道！……他學壞了，交了壞朋友讓他墮落了……但別跟他姊姊說這件事。她要是去找他，我們就會失去最美麗的一個歡樂……看吶，還有看美麗事物歡樂，她每天都要為這美麗的花園增添幾道光線……

蒂蒂：還有那個，在遠遠的地方，在那個鑲著金邊的雲彩裡，我踮起腳尖，好不容易才看到的那個呢？

幸福：那是愛情歡樂……但你看也沒用，你還太小，看不到她的全貌……

蒂蒂：還有那邊，在後面，蒙著面紗，不走近前來的那些呢？……

幸福：她們是人類還不曾認識的歡樂……

蒂蒂：其他那些想要我們怎麼樣？……她們為什麼散開了去？……

幸福：有一個新的歡樂往這兒走來了，她說不定是我們當中最完美的一個……

蒂蒂：她是誰呢？……

幸福：你還沒認出她嗎？……你仔細看看，睜開眼睛，打開你靈魂的心眼看看！……她看到你了，她看到你了！……她張開手臂向著你跑過來了！……她是你母親的歡樂，也就是母愛無比偉大歡樂！……

其他歡樂從四面八方跑來，向母愛無比偉大歡樂歡呼，然後又靜靜地退開到一旁。

母愛：蒂蒂！還有蜜蒂！……怎麼，是你們。我竟然在這裡找到你們！……真是沒想到！……我一個人在家裡很孤單，而你們兩個人卻爬到了天上，在這裡，所有母親的靈魂都在歡樂中閃爍著光芒！……不過我們先親親吧，盡量親親！……你們兩個都到我懷裡來，世界上沒什麼比這更幸福的了！……蒂蒂，你怎麼不笑？……蜜蒂，你也不笑？……你們不認得你們母親的愛了嗎？……仔細看一看，這不是我的眼睛、我的嘴唇、我的手臂嗎？……

蒂蒂：是的，我認出來了，但是我不知道你在這裡……你很像媽媽，但你漂亮多了……

母愛：當然囉，我是不會變老的……每過去一天就為我增添新的力量、青春與幸福……你的每個微笑都會讓我年輕一歲……在家裡，這些都看不出來，但是在這裡什麼都看得見，在這裡看到的是真理……

蒂蒂（很驚嘆，一會兒看看她，一會兒抱抱她）：那這件漂亮的衣服，它是用什麼做的？……是絲緞、是銀線，或是珍珠？……

母愛：都不是，它是用親吻、用眼神、用親撫做的……每回孩子給我一個吻，就會在這上面增添一道日光或月光。

諦諦：這真有意思，我從來沒想過你這麼有錢……你把這衣服藏在哪裡？……是不是藏在鑰匙在爸爸那裡的那個大衣櫃裡？……

母愛：不是。我一直穿在身上，只是人家看不到，因為閉著眼睛是什麼也看不到的……每個愛著孩子的母親都是富有的……母親沒有窮的、沒有醜的，也沒有老的……母愛在各種歡樂之中是最美的……在她難過的時候，只要孩子給她一個吻，或是她給孩子一個吻，她所有的眼淚都會在她眼底化為星星……

諦諦（訝異地看著她）：是啊，這是真的，你眼睛裡充滿了星星……這真的是你的眼睛，只是它們漂亮得多……這也真的是你的手，戴著一枚戒指……你手上甚至有一天晚上你點燈時燒傷的疤痕……不過，你的手白得多，皮膚也更細！……好像光線從手上滑過似的……你不必像在家裡一樣要工作吧？……

母愛：哪裡，就是同一隻手啊。你難道沒看過這隻手只要親撫你就會變得白皙、放光嗎？

諦諦：真是奇怪，媽媽，這也是你的聲音，但比你在家裡顯得和藹多了……

母愛：在家裡事情太多了，我們沒時間好好說話……不過話雖沒說出口，我們還是感受得到……現在你見過我了，等你明天回到家裡時，看我穿著破舊的衣服，你可還會認得我？……

諦諦：我不要回家……既然你在這裡，我就跟你留在這裡……

母愛：這是一樣的。我們都是住在那邊的……你來這裡只是為了學習、為了明白你在人間看到我時該怎麼看待我……你瞭解嗎，我的諦諦？……你以為你現在人在天上，但是在我們擁抱的地方其實都是天上……這世上只有一個母親，你不會有別的母親的……每個孩子都只有一個母親，向來都是同一個母親，而且向來都是最美的那一個。不過必須認識她，知道怎麼看待她……但你怎麼會跑到這裡來？你是怎麼找到這條人類自古以來就在找的路的？……

諦諦（指著出於謹慎退到一旁去的光）：是她帶我來的？

母愛：她是誰？

諦諦：光……

母愛：我從來沒見過她……我聽說她很喜歡你們，人也很和善……但她為什麼要躲在一旁？……為什麼不露出她的臉呢？

諦諦：她擔心幸福看到她會害怕，因為她太亮了……

母愛：她難道不知道我們都在等她來嗎！……（呼叫其他大歡樂）來啊，來啊，姊妹們！來啊，快來啊，光終於來看我們了！……

各大歡樂歡聲雷動，她們都跑過來，大叫著：光在這裡！……是光，是光！……

明白歡樂（推開其他歡樂，上前擁抱光）：原來你是光，我們都不知道呢！……我們等你等了好多年、好多年！……你認識我嗎？……我是找你找了好久的明白歡樂……我們在這裡都很快樂，只是我們看不到自身以外的東西……

正義歡樂（輪到她擁抱光）：你認識我嗎？……我是盼望你來的正義歡樂……我們在這裡都很快樂，只是我們看不到自己影子以外的東西……

看美麗事物歡樂（也擁抱光）：你認識我嗎？……我是很愛你的看美麗事物歡樂……我們在這裡都很快樂，只是我們看不到自己夢幻以外的東西……

明白歡樂：看吶，看吶，我的好姊姊，別讓我們再等了……我們都夠堅強，也都夠完美……拿下你的面紗，別再向我們隱藏最後的真理和最後的幸福吧……你看，我所有的姊妹都跪在你腳前……你是我們的女王、我們的獎賞……

光（緊緊拉著面紗）：我的姊妹們，我美麗的姊妹們，我聽從我主人的吩咐……時間還沒到，等時間一到，我一定無所畏懼、不帶陰影地回到你們這兒……再見了，你們起來吧，讓我們像久別重逢的姊妹一樣擁抱吧，我向你們揭示真面目的那天就會來到……

母愛（擁抱光）：你對我那兩個孩子真好……

光：我對那些相親相愛的人向來都很好的……

明白歡樂（走近光）：請最後在我的額頭上吻一下吧……

光和明白歡樂久久地擁抱。當她們分開，抬起頭來以後，可以看見兩個眼裡都含著淚。

諦諦（訝異）：你們為什麼哭了？……（看著其他歡樂）咦，你們也哭了……為什麼大家滿眼都是眼淚？……

光：別說了，我的孩子……

幕落

第五幕

第十景　未來之國

蔚藍王宮的幾間大廳，即將出生的兒童都在這裡等待著。見不到盡頭的藍寶石石柱支撐著綠松石的穹頂。這裡的一切，從光線、青金石石板到背景最遠處的那些拱門、小物件，都罩著一層不真實的藍光，帶有仙境的氛圍。只有柱頭、石柱的基座、拱頂石、幾張椅子，和幾張圓形凳子是晶瑩潔白的白色大理石做的。在右邊，在石柱之間，有幾道乳白色的玻璃門。在這一幕最後，時間會推開這幾道門的兩扇門扉，呈現出現實生活與曙光碼頭。一群穿著青色裙衫的兒童均勻地分散在大廳各處。有些兒童玩著遊戲，有些兒童散著步，還有的在交談，或是在做白日夢，更有不少則是睡著了。還有些兒童在石柱間從事未來的發明。他們製造的工具、器械、儀器，他們栽種或是採擷的花朵和水果都閃著超自然的藍光，和王宮裡的氛圍一致。在這些穿著半透明、淡青色的兒童之間，有幾個身材較高大、美麗非凡的女子安安靜靜地走動著。她們似乎就是天使。

諦諦、蜜諦和光從左邊偷偷溜進場，一進來就躲在前景的石柱之間。

他們一上場即讓青衣兒童起了一陣騷動。青衣兒童從四面八方跑到這幾位不速之客身邊，好奇地打量他們。

諦諦：糖、貓，和麵包到哪兒去了？……

光：他們不能到這裡來。要是讓他們認識了未來，他們就不會服從了……

諦諦：那狗呢？……

光：讓他知道了未來會發生的事，也不好……我把他們全都關在教堂的地下室裡了……

諦諦：我們現在人在哪兒？……

光：我們在未來之國裡，我們身邊這些全都是還沒出生的孩子。既然鑽石讓我們在這裡看清楚人類所看不見的，我們說不定能在這兒找到青鳥……

諦諦：這裡什麼都是青色的，小鳥當然也一定是青色的……（左右看看）天啊，這裡好漂亮啊！……

光：看，所有的孩子都跑來了……

諦諦：他們在生氣嗎？……

光：沒有啊……你看清楚了，他們在笑呢，他們只是看到我們很吃驚……

青衣兒童（愈來愈多人聚過來）：活著的孩子……來看活著的孩子啊！……

諦諦：為什麼他們叫我們是「活著的孩子」？……

光：因為他們還沒出生，還沒活著……

諦諦：那麼他們在這裡做什麼？

光：他們在等出生的那一刻到來……

諦諦：出生的那一刻？……

光：沒錯。人世間的孩子都是從這裡生出來的。每個孩子都等著輪到他出生的那一天……每當有父母希望有孩子，你看，右邊那幾道大門就會打開，孩子就從那裡下去……

諦諦：好多孩子！好多孩子！

光：孩子可多著呢……我們看不到所有的孩子……你想，從現在直到未來還有多少孩子要出生……數也數不清的……

諦諦：那些穿著青衣的女子又是誰呢？

光：我也不是很清楚……我想她們是守護天使……據說她們會在人類之後降生在人世間……但我們不能去問她們……

諦諦：為什麼？

光：因為這是人世間的祕密……

諦諦：那我們可以和那些孩子說話嗎？……

光：當然可以，我們可以去跟他們認識認識……瞧，來了一個最好奇的……你可以過去和他說話……

諦諦：要跟他說什麼呢？……

光：你想說什麼就說什麼，就像和你的朋友說話那樣……

諦諦：我可以跟他握握手嗎？……

光：當然可以，他不會對你怎麼樣的……看你，別那麼不自然……我單獨讓你們在一起，你們會比較自在……我也要去跟那些青衣女子說說話……

諦諦（走近青衣兒童，伸出手來）：你好！……（用手指頭去摸青衣兒童的青衣）這是什麼？……

青衣兒童（也認真地用手指頭去摸諦諦的帽子）：這呢，這是什麼？……

諦諦：這個？……這是我的帽子……你沒有帽子嗎？……

青衣兒童：沒有，帽子是幹嘛用的？……

諦諦：是為了說「你好」用的……還有冷的時候可以用……

青衣兒童：冷是什麼？……

諦諦：就是像這樣不停地發抖的時候……還有就是要對著手哈氣，手臂要這樣伸的時候……

他用力地伸著手臂。

青衣兒童：人世間冷嗎？

諦諦：嗯，冬天有時候很冷，尤其在家裡沒柴火的時候……

青衣兒童：為什麼會沒柴火？……

諦諦：因為柴很貴，要有錢才能買木柴……

青衣兒童：錢是什麼？

諦諦：是用來買東西的……

青衣兒童：喔！……

諦諦：有些人很有錢，也有些人都沒錢……

青衣兒童：為什麼？

諦諦：因為他們不是有錢人……你有錢嗎？……你幾歲了？……

青衣兒童：我快要出生了……我再十二年就會出生……出生，是好事嗎？

諦諦：當然是好事囉！……出生很有趣呢！……

青衣兒童：你是怎麼出生的？……

諦諦：我不記得了……已經是好久以前的事了！……

青衣兒童：聽說人世間和活著的人都很漂亮！……

諦諦：是啊，是很漂亮……人世間有鳥、有蛋糕、有玩具……有些人什麼都有，不過那些沒有的人可以看其他那些有的人……

青衣兒童：有人告訴我們媽媽都會等門……媽媽人都很好，這是真的嗎？……

諦諦：這是真的！……媽媽比什麼都要好！……奶奶也很好，不過她們通常很快就死掉……

青衣兒童：她們會死掉？……死是什麼？……

諦諦：有一天晚上她們人就走了，再也不回來……

青衣兒童：為什麼？……

諦諦：誰知道呢？……也許是她們太憂愁了……

青衣兒童：你的也走了嗎？……

諦諦：你是說我奶奶？……

青衣兒童：你的媽媽或者是奶奶，我怎麼搞得清楚啊？……

諦諦：啊，媽媽和奶奶是兩回事！奶奶會先走。這已經很教人難過了……我奶奶對我很好……

青衣兒童：你的眼睛怎麼了？……它們怎麼流出了珍珠？……

諦諦：這才不是珍珠呢……

青衣兒童：不然是什麼呢？

諦諦：這沒什麼，是所有這些青色讓我有點眼花……

青衣兒童：這個叫做什麼？……

諦諦：哪個？……

青衣兒童：這個掉下來的？……

諦諦：這沒什麼，只是一點水……

青衣兒童：是從眼睛裡流出來的嗎？

諦諦：嗯，有時候，在哭的時候……

青衣兒童：哭是什麼？

諦諦：我可沒哭。都是這些青色的錯……不過我要是哭的話，也會是這個樣子……

青衣兒童：人常常哭嗎？

諦諦：小男孩不常，不過小女孩很愛哭……這裡的人都不哭的嗎？

青衣兒童：不哭，我不知道怎麼哭……

諦諦：你會學會哭的……你拿這些青色的大翅膀在玩什麼呢？

青衣兒童：這個啊？……是我到人世間以後要發明的東西……

諦諦：什麼發明？……你曾經發明過東西嗎？……

青衣兒童：當然囉，你不知道嗎？……我到人世間以後，必須發明一樣讓人幸福的東西……

諦諦：是好吃的東西嗎？……它會發出聲音嗎？

青衣兒童：不會，才不會發出聲音呢……

諦諦：真可惜……

青衣兒童：我每天都為了這個工作……它幾乎快完成了……你要看看嗎？……

諦諦：好啊……你的發明在哪裡？……

青衣兒童：在那邊，從這裡就可以看到，就在兩根石柱中間……

另一個青衣兒童（走近諦諦，拉他的袖子）：你要看我的發明嗎？……

諦諦：好啊，你發明了什麼？……

第二個青衣兒童：可以延年益壽的三十六種藥……就裝在這些青色的小瓶子裡……

第三個青衣兒童（從一群青衣兒童中走出來）：我啊，我帶來了一種沒人見過的光！……（他全身散發著一種奇異的亮光）這很特別，對不對？……

第四個青衣兒童（拉著諦諦的手臂）：你來看看我的機器，它會在天上飛，就像沒翅膀的小鳥一樣！……

第五個青衣兒童：不，不，先來看我的，我的機器可以發現藏在月亮裡的寶藏！

……

所有的青衣兒童全都一起湧上來，圍繞在諦諦、蜜諦的身邊。他們叫嚷著：「不，不，先來看我的！……不，我的是最漂亮的！……我的是最出色的！……我的全是糖做的！……他的一點也不怎麼樣……他剽竊了我的主意！……」等等。在這喧喧嚷嚷之中，諦諦和蜜諦被簇擁著來到了幾間青色的工作室裡。在工作室裡，每個發明家都啟動了自己發明的理想機器。這時候一片青色的轉輪、轉盤、飛輪、齒輪、滑輪、傳動皮帶等各式各樣奇奇怪怪、還未命名的東西一一轉動起來，籠罩在不真實的淡青色迷霧中。一件件奇異、神祕的機器憑空升了起來，在拱頂之下飛翔，或者是在石柱間的地上匍匐前進。那些青衣兒童紛紛展開地圖和藍圖，打開書本，揭開覆在青色雕像的布幕，捧來大把大把好像是藍寶石和綠松石做成的鮮花和水果。

小青衣兒童（因為背著幾朵巨大的青色雛菊而彎了腰）：看看我的花啊！……

諦諦：這是什麼啊？……我認不出來……

小青衣兒童：這是雛菊！……

諦諦：怎麼可能……它們大得跟車輪一樣……

小青衣兒童：它們很香呢！……

諦諦（聞了一聞）：真是不可思議！……

小青衣兒童：我到人世間的時候，它們就會開得這麼大……

諦諦：你什麼時候到人世間？……

小青衣兒童：再五十三年四個月又九天……

這時來了兩位青衣兒童，他們扛著一根竿子，上面像是掛著大吊燈一樣地掛著一串葡萄，葡萄大得像梨子一樣，感覺很不真實。

扛著葡萄的青衣兒童：你覺得我的水果怎麼樣？……

諦諦：是一大串梨子！……

扛著葡萄的青衣兒童：才不是呢，這是葡萄！……等我三十歲的時候，葡萄都會長得這麼大……我已經找到種植的辦法……

扛著蘋果的青衣兒童（扛著一簍大得像香瓜一樣的青色蘋果，直不起腰）：還有我！……看看我的蘋果！……

諦諦：這些是香瓜吧……

扛著蘋果的青衣兒童：才不是呢！……這些是蘋果，而且品質還不是最好的！……等我出生以後，所有的蘋果都會長這樣……我已經找到了辦法！……

推著香瓜的青衣兒童（推著一台青色手推車，上面有像南瓜一樣大的青色香瓜）：還有我的小香瓜呢！……

諦諦：但這是南瓜啊！

推著香瓜的青衣兒童：等我到人世間以後，所有的香瓜都會長這麼大！……我將來會是九大行星國王的園丁……

諦諦：九大行星國王？……他在哪兒呢？……

九大行星國王（得意洋洋地走近前來。他看來只有四歲，兩隻小腿彷彿還撐不住他的身子）：在這裡！

諦諦：呃，你還真小……

九大行星國王（表情嚴肅，冠冕堂皇地說）：我將來必行大業、立大功。

諦諦：你將來要做什麼？

九大行星國王：我要建立太陽系行星聯邦政府。

諦諦（吃驚）：啊，真的？

九大行星國王：除了土星、天王星和海王星以外，所有的行星都屬於這個聯邦政府。這三顆行星距離太遙遠了，遠得難以估計。

他堂堂皇皇地走了。

諦諦：他真有意思。

青衣兒童：你看到那邊那一個嗎？
諦諦：哪一個？
青衣兒童：就是在石柱底下的睡覺的那一個……
諦諦：他怎麼樣？……
青衣兒童：他會把純粹的歡樂帶到人世間……
諦諦：他是怎麼辦到的？……
青衣兒童：他會把人類還沒有想過的思想帶去……
諦諦：另外那個用手挖鼻孔的小胖子，他以後又會做什麼呢？……
青衣兒童：他會找到一種火讓地球在太陽黯淡以後又會暖和起來……
諦諦：還有那兩個手牽著手，一直親親熱熱的，他們是不是兄妹？……
青衣兒童：不是，他們很有意思……他們是一對情人……
諦諦：情人是什麼？……
青衣兒童：我也不知道……時間為了取笑他們，才把他們叫做是情人的……他們每天都四目相投，他們一邊接吻，一邊說再見……
諦諦：為什麼？
青衣兒童：好像是他們不能一起離開……
諦諦：那個滿臉紅通通，看起來很嚴肅，還吸著大拇指的小孩，他以後會怎樣？……

青衣兒童：他好像該去消除人世間的不公不義……

諦諦：真的？……

青衣兒童：這應該是件艱鉅的工作。

諦諦：那個走路好像看不見的紅頭髮小孩，他是瞎子嗎？……

青衣兒童：他還沒瞎，但是他會變成瞎子的……你好好觀察他，他似乎是應該要戰勝死神……

諦諦：這話是什麼意思？……

青衣兒童：我也不太明白。不過據說這是一件大事……

諦諦（指了指一群在石柱底下、在階梯上、在長凳上睡覺的青衣兒童）：那這些在睡覺的呢？……有好多孩子在睡覺！他們什麼都不做的嗎？……

青衣兒童：他們心裡想著事情……

諦諦：想著什麼？

青衣兒童：他們也還不知道。不過他們一定得帶點東西到人世間去。他們是不准空手去人世間的……

諦諦：這是誰規定的？……

青衣兒童：是守在門邊的時間規定的……他打開門的時候，你就會看到他……他非常討人厭……

另一個青衣兒童（從大廳後面跑過來，衝開人群）：你好，諦諦！

諦諦：咦！……他怎麼知道我的名字？

另一個青衣兒童（他親熱地抱抱諦諦和蜜諦）：你好！……你好嗎？……來呀，抱抱我呀，你也是，蜜諦……我知道你的名字一點也不奇怪，因為我會是你的弟弟……剛剛有人對我說，你在這裡……我剛才還在大廳那邊整理我的思想……告訴媽媽，我已經準備好了……

諦諦：什麼？……你要到我家來？

另一個青衣兒童：當然，就在明年的聖枝主日……在我還小的時候可別太過欺負我……我很高興能提早抱抱你們……告訴爸爸，把搖籃修好……我們家裡過得幸福嗎？

諦諦：算是很幸福的……媽媽是那麼的慈愛！……

另一個青衣兒童：那吃得怎麼樣？

諦諦：要看清況……有時候我們也會有蛋糕吃，對吧，蜜諦？……

蜜諦：在過年的時候，和七月十四日……蛋糕是媽媽做的……

諦諦：你這袋子裡裝著什麼？……你會帶什麼東西給我們？……

另一個青衣兒童（很自豪）：我帶了三種疾病：猩紅熱、百日咳，和麻疹……

蒂蒂：啊，怎麼是這些東西！……然後，你要做什麼？……

另一個青衣兒童：然後？……我就走了……

蒂蒂：那還有必要來這麼一趟嗎！……

另一個青衣兒童：我們沒得選擇啊！……

這時候，似乎從石柱、幾道乳白色大門那裡傳來了持續不斷的震動聲，聲音清澈、有力。一股更強烈的光線照射在石柱、大門上。

蒂蒂：這是什麼回事？

一個青衣兒童：是時間！……他要開門了！……

青衣兒童間起了一陣騷動。大部分的青衣兒童放下了他們手中的器械，離開了他們的工作。本來睡著覺的那些也都醒了。他們全都盯著那幾道乳白色的大門，走近門邊。

光（和蒂蒂會合）：我們趕快躲到柱子後面吧……不能讓時間看見我們……

蒂蒂：那聲音是從哪兒來的？……

一個青衣兒童：是曙光起床了……今天要出生在人世間的那時孩子這時候該下去了……

諦諦：他們怎麼下去？……有梯子嗎？……

一個青衣兒童：你待會兒就會看見了……時間拉開門閂了……

諦諦：時間是什麼人？……

一個青衣兒童：他是一個老公公，他把要去人世間的人叫去了……

諦諦：他很兇嗎？……

一個青衣兒童：不兇，但是他不管你說什麼都沒用……懇求也沒用，他把那些還輪不到他們離開的孩子都推開……

諦諦：要離開的都很高興離開嗎？……

一個青衣兒童：留下來才讓人不開心呢。不過要走了，也會覺得難過……看！看！他開門了！……

幾道乳白色的大門慢慢地推開來。可以聽見遠方有人世間的喧聲，彷彿音樂一般。大廳裡射進了一道紅色、綠色的光線。時間站在門檻上，他是一個鬍子飄飄的老公公，一手拿著鐮刀，一手拿著沙漏。可以看見在罩著玫瑰色雲霧的曙光碼頭上，有帆船的白帆，白帆頂端染上了金光。

時間（站在門檻）：那些時間已經到了的人都準備好了嗎？……

幾名青衣兒童（衝開人群，從四面八方湧來）：我們來了！……我們來了！……我們來了！……

時間（對排好隊準備出去的孩子沒好氣地說）：一個接一個！……又多出來了不該走的小孩！……老是這樣……你們可騙不過我……（推開一個孩子）還沒輪到你……回去，你明天才走……也還沒輪到你，回去吧，等十年後再來……要做第十三個牧童？……只需要十二個，再多就不要了。現在再也不是特奧克里多斯的時代，或是魏吉爾的時代了……還有醫生？……醫生已經太多了。人世間都在抱怨了……正派的工程師在哪兒呢？……需要一個正派的人，只要一個，一個非凡的奇才……正派的人哪兒去了？……是你嗎？……（青衣兒童點點頭）我看你很瘦弱……你活不久的！……喂，你們那邊的，別這麼快啊！……還有你，你帶什麼去？……什麼都沒帶？兩手空空？……那你不能去……準備點什麼吧，如果你要的話，大罪也行，或者是一種疾病，我無所謂……不過一定要帶點什麼……（他注意到一個孩子，其他的孩子都推他向前，但他竭力抵抗著）啊，你是怎麼了？……你很清楚時間已經到了……人世間需要一個英雄，力抗不公不義。這個人就是你，你該走了……

全部的青衣兒童：他不想去，先生……

時間：怎麼？……他不想去？這小子以為這是哪兒啊？……別囉唆了，我們沒時間了……

小青衣兒童（大家推著他）：不，不！……我不去！……我寧願不出生！……我想留在這裡！……

時間：問題不是你想不想去……時間到了，就是時間到了！……來，快點，往前走！……

一個青衣兒童（往前走來）：啊，那就讓我去吧！……我來取代他！……聽說我爸媽年紀很大了，他們等我很久了！……

時間：不行……他是他，你是你……要是都聽你們說的，事情就沒完沒了……這個要走，那個不走，這個說太早，那個說太晚……（推開幾個想跨過門檻的青衣兒童）別這麼靠近，孩子們……你們這些好奇的，往後退……還不能走的孩子外面沒什麼好看的……現在你們急著要走，但真的輪到你們時，你們又害怕，又往後退……看吧，這四個孩子發抖得真厲害，簡直像樹葉一樣抖動……（對一個已經要跨過門檻，卻又突然往後退的孩子說）喂，怎麼了，你是怎麼了？……

往後退的青衣兒童：我忘了拿那只盒子，那裡面裝了兩樁我要犯的罪……

第二個青衣兒童：我也忘了帶那個小罐子，裡面裝了要開導眾人的思想……

第三個青衣兒童：我也忘了我最好的梨樹嫁接枝……

時間：快去拿呀！……我們只剩下六百一十二秒鐘……曙光之船已經揚起船帆，表示它在等待我們出發了……你們要是到得太晚，就無法出生了……快呀，快一點，上船了！……（他抓住了一個從他腳底下鑽過、想到碼頭上去的小孩）啊，你，不行！這是你第三次想要在輪到你之前搶先出生了……別讓我又抓到你，否則你就要到我妹妹永恆那裡去永遠地等待下去。你很清楚那裡可不好玩……好了，都準備好了嗎？……每個人是不是都在他的位置上？……（眼睛來回巡視站在碼頭上的孩子，和已經坐在船上的孩子）還少一個……藏也沒用，我看見他在人群裡……別想騙過我……好了，你，那個人家叫你是情人的小孩，跟你的心上人說再見吧……

那兩個被稱為情人的青衣兒童彼此擁抱著，臉上滿是絕望的神色。他們走到時間身邊，向他跪了下來。

第一個青衣兒童：時間先生，讓我和他一起去吧！……

第二個青衣兒童：時間先生，讓我和她留在這裡吧！……

時間：這是不可能的！……我們只剩下三百九十四秒鐘……

第一個青衣兒童：我寧願不出生！……

時間：這是沒得選擇的事……

第二個青衣兒童（懇求）：時間先生，我出生得太晚了！……

第一個青衣兒童：她出生時，我已經不在人世間了！……

第二個青衣兒童：我再也見不到他了！……

時間：這些我都管不著……去跟生命求情吧……我是按照別人的吩咐把孩子集合起來、分離開來……（抓住了其中一個孩子）來吧！……

第一個青衣兒童：不，不，不！……她也要一起來！……

第二個青衣兒童（緊緊抓住第一個青衣兒童的衣服）：放開他！……放開他！……

時間：噯，好了，這又不是要去死，而是要去活的呀！……（拉著第一個青衣兒童）來吧！……

第二個青衣兒童（狂亂地對被拉走的小孩伸出雙臂）：給我個記號！……一個記號就好！……告訴我到人世間以後怎麼找到你！……

第一個青衣兒童：我永遠愛你！……

第二個青衣兒童：我會是最悲傷的人！……你會認出我的！……

她倒了下去，躺在地上。

時間：你們最好都抱著希望……現在就這樣了……（看著沙漏）現在只剩六十三秒

鐘了……

在要離開和留下來的青衣兒童之間又起了最後一陣的騷動。大家紛紛道別：「再見，皮耶！……再見，尚……」、「你該有的都有吧？」、「讓大家知道我的想法！」、「你沒忘記什麼吧？」、「一定要認出我來啊！」、「我會再找到你的！」、「別忘了你的想法！」、「不要把頭探得太出去！」、「給我你的消息！」、「聽說是沒辦法的！」、「有辦法，有辦法！」、「總要試試看！」、「想辦法告訴我人世間好不好！」、「我會去找你的！」、「我降生為國王！」……

時間（搖晃著鑰匙和鐮刀）：夠了！夠了！……起錨了！

船帆移動了起來，漸漸消失了。可以聽見遠處傳來船上孩子的叫聲：「人世間！……人世間！……我看見了！它好美麗啊！它好明亮啊！……它好大啊！……」然後，從極遠的地方傳來充滿期盼的輕妙歌聲，彷彿來自深淵深處。

蒂蒂（對光說）：這是什麼聲音？……這不是孩子們的聲音……好像是別的聲音

……

光：對，是母親來迎接孩子的歌聲……

這時候，時間關上了乳白色的大門。他轉過身，向大廳看了最後一眼，忽然他看見了諦諦、蜜諦，和光。

時間（又訝異又生氣）：這是怎麼回事？……你們在這裡幹嘛？……你們是誰？……你們為什麼沒穿青衣？……你們是從哪裡進來的？……

他舉起鐮刀，作勢威脅他們。

光（向諦諦說）：別回話！……我有了青鳥……我把它藏在我的外衣底下……我們快走吧……轉動鑽石，他跟不上我們的……

諦諦、蜜諦和光穿過前景的石柱，從左邊下場。

幕落

第六幕

第十一景　告別

舞台上有一堵牆，牆上一道小門。黎明時刻。

諦諦、蜜諦、光、麵包、糖、火、牛奶上場。

光：你一定猜不到我們現在人在哪裡……

諦諦：光，當然猜不到了，因為我就是不知道啊……

光：你不認得這堵牆，和這道小門了嗎？……

諦諦：這是一堵紅色的牆，和一道綠色的小門……

光：你沒想到什麼嗎？

諦諦：我是想起了時間把我們趕出門……

光：作夢時我們都變得古怪起來……會連自己的手都不認得……

諦諦：誰作夢了？……是我嗎？……

光：說不定是我……誰知道？……不過這堵圍著一間屋子的牆，從你出生以後見過不知多少次了……

諦諦：這房子我見過不知多少次？……

光：是啊，你這個小糊塗蟲……有一天晚上我們離開了這房子，現在算來已經整整一年了。

諦諦：已經整整一年了？……那又怎樣？……

光：眼睛別瞪得那麼大……這房子就是你爸爸媽媽的家啊……

諦諦（走近門邊）：我想這是真的……真的……我覺得……這個小門……我認得出那個小門栓……他們在家嗎？……我們就到了媽媽身邊嗎？……我想立刻進去……我要立刻抱抱媽媽！……

光：等一下……他們睡得正沉呢。不要驚醒他們……再說，時間還沒到之前，這道門是不會打開的……

諦諦：什麼時間？……我們還要等很久嗎？……

光：不用等很久！……就等幾分鐘……

諦諦：要回家了，你不高興嗎？……你怎麼了，光？……你臉色好蒼白，好像生病了一樣……

光：沒什麼，我的孩子……我只是覺得有點難過，因為我要離開你們了……

諦諦：離開我們？……

光：不得不離開……我在這裡已經沒事了。一年過去了，仙子就要回來，跟你要青鳥……

蒂蒂：但我沒有青鳥啊！……思念之境的青鳥後來都變黑、未來之國的都變紅、夜之宮殿的都死了，還有在森林裡我並沒抓到青鳥……牠們或是變了顏色、或是死了、或是抓不到，難道是我的錯嗎？……仙子會不會生氣？她到時候會怎麼說？

……

光：我們已經盡力了……應該說青鳥並不存在，或者是一把牠關進籠子裡就會變顏色……

蒂蒂：籠子呢？

麵包：在這裡，小主人……在這艱難的長途旅行中，都是由我在照管這個籠子。今天我的任務完成了，我把它關得好好的、完完整整地交還給你，就像交給我的時候一樣……（他像個演說家一樣地講話）現在，奉諸位之名，請容許我再說幾句話

……

火：沒人請他來演講啊！……

水：安靜！……

麵包：卑鄙的仇敵、懷著妒意的對手惡意地中斷了任務……（提高聲音）他們阻止不了我把任務執行到底的決心……所以奉諸位之名……

火：不要奉我之名……我有話自己會說！……

麵包：所以奉諸位之名，我深深懷著真誠的情感，要向兩個命運不凡的孩子告辭，他們崇高的使命在今天完結了。我以悲傷和互敬互重的溫存之心，跟他們道別……

諦諦：怎麼？……你也跟我們說再見？……你也要離開我們？……

麵包：是啊，我不得不離開……我離開你們是真的，不過這只是表面上的分離，以後我們還是會見面，只是你們再也聽不到我說話……

火：這並不是什麼不幸的事！……

水：安靜！……

麵包（嚴肅）：你說的並傷不了我……我剛剛說到，你們再也聽不到我說話，你們再也見不到我會活動……你們的眼睛從此看不到事物不可見的隱密生命，但我會永遠在你們身邊，在麵包箱裡、在木架上、在桌子上、在湯旁邊。我敢說，我是你們餐桌上最忠實的朋友、是人類最老的朋友……

火：那我呢？……

光：好了，時間一點一點地過去，我們回復沉默的時刻就要到了……你們快點抱抱孩子吧……

火（匆忙擠上前）：我先來，我先來！……（他熱烈地抱抱孩子）再見了，諦諦、蜜蒂！……再見了我親愛的孩子……在你們需要有人在某處生火時，請想到我……

蜜蒂：哎喲！哎喲！……他燒到我了！……

諦諦：哎喲！哎喲！他燒到了我鼻子！……

光：喂，火，別太激動啊……你在壁爐裡可以盡情地燒，在這裡可不行……

水：真愚蠢！……

麵包：他真沒教養！……

水（走到孩子身邊）：孩子，我溫柔地抱抱你們，不會傷害到你們。

火：小心，她會把你們弄濕的！……

水：我很多情、很溫柔，我對人類很和善……

火：那怎麼有人淹死呢？……

水：喜愛噴泉、諦聽潺潺水聲吧……我總是在那兒……

火：她淹沒了一切！

水：晚上，你們坐在泉水邊時——在森林裡有不只一處的泉水——請試著瞭解泉水想說的話……我不行了……眼淚讓我激動得說不出話來……

火：根本一滴眼淚也沒有！……

水：在你們看到水瓶時，請想到我……你們也可以在水桶、在澆花器、在蓄水池、在水龍頭裡看到我……

糖（虛情假意）：要是在你們記憶裡還剩下一塊小地方，請記得我對你們向來很溫柔……我無法再多說什麼了……流眼淚不是我的性格，眼淚要是掉在我的腳上，我會很痛的……

麵包：虛偽！……

火（尖聲怪叫）：麥芽糖！水果糖！焦糖！……

諦諦：諦蕾和諦洛跑到哪裡去了？……他們在幹嘛？……

在這個時候，可以聽見貓發出尖銳的叫聲。

蜜諦（不安）：是諦蕾在哭！……有人傷了她！……

貓跑著上場，她蓬亂的毛髮豎起、衣服被撕得破破爛爛，以一條手帕按住臉頰，好像牙痛一樣。她怒氣沖沖，不住地呻吟著，狗緊隨在她身後，用頭撞她、用手揍她、用腳踢她。

狗（打著貓）：這打一下！……夠了嗎？……你還要嗎？……這再打一下！那再打一下！……

光、**諦諦**、**蜜諦**（急忙跑上前分開貓和狗）：諦洛！……你瘋了嗎？……夠了！

……趴在地上！……你有完沒完！……還真是沒見過！……夠了！夠了！……

他們用力拉開貓和狗。

光：怎麼了？……發生了什麼事？……

貓（哭著，擦眼淚）：都是他，光夫人……他罵我、他在我的湯裡放了釘子、他扯我的尾巴、他打我，而我什麼都沒做，什麼都沒做！……

狗（模仿貓）：什麼都沒做，什麼都沒做！……（對貓比了個輕鄙的手勢，低聲說）反正你被揍了、你被揍了、你被揍了，你還要繼續被揍！……

蜜諦（把貓抱在懷裡）：可憐的諦蕾，告訴我你哪裡痛……我也要哭了！……

光（嚴厲地對狗說）：在我們就要和孩子分開的這個令人難受的時刻，你竟然讓我們看到你對貓不遜，你的行為真是讓人不敢苟同……

狗（突然醒悟）：我們要和孩子分開？……

光：是的，你知道時候快到了……我們要回到沉默中……我們再也不能和他們說話了……

狗（突然發出絕望的叫聲，撲到兩個孩子懷裡，熱烈地吻他們、抱他們）：不，不！……我不要！……我不要！……我要永遠會說話！……我的小神仙，你現在是瞭解我的，不是嗎？……對，對，對！……我們無話不談！……我會很聽話的……我要學會讀書、寫字、玩牌！……我也會一直保持乾淨……我再也不會到廚房裡偷東西……你要我做些讓人吃驚的事嗎？……你要我抱抱貓嗎？……

蜜蒂（對貓說）：你呢，諦蕾？……你沒有什麼要跟我們說嗎？

貓（做作、故做神秘狀）：我愛你們兩個，因為你們值得我愛……

光：孩子，現在輪到我了，我最後再吻你們一次……

諦諦、**蜜蒂**（抓住光的衣服）：不，不，不，光！……和我們在一起！……爸爸會同意的……我們會跟媽媽說你對我們很好……

光：唉，我不能留下……我不能進這道門，我該離開你們了……

諦諦：你一個人要到哪兒去？

光：孩子，我就在離這兒不遠的地方。就在那邊，在萬物沉默之土那邊……

諦諦：不，不，我不要你走……我們跟你一起去……我去跟媽媽說……

光：親愛的孩子，別哭……我不會像水一樣發出聲音。我只有光亮，而這是人類聽不懂的……但是我會永遠照看人類……每當月光照耀大地、星星對你微笑、晨曦升起、燈光亮起的時候，你要知道，這都是我都在對你說話。或者是在你心裡有美好而明晰的思想時，也是我在對你說話……（在牆後面有鐘敲響了八點鐘）你聽！時間到了……再見！……門打開了！……進去吧，進去吧，進去吧！……

那道門微微打開來，光把兩個孩子推進門裡，門便關上了。麵包擦著眼淚。糖、水都在哭。他們往舞台左右飛奔，消失在後台。狗在後台嚎啕大哭。舞台空了一會兒，然後牆上那道小門從中間打了開來，露出了最後的一景。

第十二景　醒來

和第一景同樣的室內景，不過牆面、氛圍等等一切都顯得更像仙境似的清新、宜人、歡樂，無可比擬。光線從關起來的百葉窗隙縫裡滲進來。

在右邊，屋子底部，諦諦和蜜諦沉沉地睡在兩張小床上。貓、狗，和所有的東西都在他們在第一景時仙子來到之前的位置上。

諦諦的媽媽上場。

諦諦的媽媽（嗓子輕快，但略略含有斥責的意思）：起床了，喂，起床了，兩個小懶惰蟲！……你們不覺得丟臉嗎？……鐘都敲響了八點鐘，太陽已經升到森林上頭了！……天啊，他們睡得真沉、睡得真香……（她彎下腰，親親孩子）他們臉頰一片嫩紅……諦諦身上有薰衣草的香味，蜜諦身上有鈴蘭的香味……（又親親他們）孩子們真是好啊！……但他們可不能睡到中午……可不能讓他們變得懶惰蟲……再說這對身體也不好……（輕輕搖著諦諦）起床了，諦諦，起床了……

諦諦（醒來）：什麼？……光？……她在哪裡？不，不，你別走……

諦諦的媽媽：光？……光當然在囉……天早就亮了……天色像中午一樣明亮，雖然百葉窗還關著……等一下，我來打開窗……（她推開百葉窗，耀眼的陽光射進了屋內）看吶！……你怎麼了？……你看起來好像睜不開眼睛……

蒂蒂（揉揉眼睛）：媽媽，媽媽！……是你！……

蒂蒂的媽媽：當然是我啊……不然會是誰呢？……

蒂蒂：是你……真的，是你！……

蒂蒂的媽媽：是啊，當然是我啊……昨天夜裡我的臉並沒有變啊……你怎麼這麼看我，像看到什麼似的？……難道我的鼻子長顛倒了？……

蒂蒂：啊，再看到你真好啊！……好久不見，好久不見了！我要立刻抱抱你、親親你……還要，還要，還要！……這真的是我的床嗎？……我是在家裡嗎？……

蒂蒂的媽媽：你到底怎麼了？……你還沒睡醒？你沒生病吧？……來，伸出你的舌頭，我看看……好了，起床吧，穿上衣服……

蒂蒂：咦，我穿著汗衫！……

蒂蒂的媽媽：當然囉……套上褲子，穿上外衣……衣服就在那兒，在椅子上……

蒂蒂：我整個旅行都穿這個嗎？

蒂蒂的媽媽：什麼旅行？……

蒂蒂：就是去年那一場旅行……

蒂蒂的媽媽：去年？……

蒂蒂：是啊！……我離開的那一天是聖誕節……

蒂蒂的媽媽：你離開的那一天？……你沒離開你的房間啊……我昨天晚上看著你睡覺，今天早上你還在床上……你大概是作夢了吧？

蒂蒂：你怎麼就不明白呢！……去年我跟蜜蒂、仙子，還有光離開了這裡……光，對我很好呢！還有麵包、糖、水、火。他們一天到晚打架……你沒生氣吧？……你沒有太難過吧？……爸爸他說什麼呢？……我沒辦法拒絕……我留下了一張字條解釋……

蒂蒂的媽媽：你在說些什麼呢？……你一定是生病了，要不然就是還沒睡醒……（她輕輕地推推他）好了，該醒了……這樣好些了嗎？……

蒂蒂：媽媽，你要相信我……還沒睡醒的人是你……

蒂蒂的媽媽：怎麼，是我還沒睡醒？……我六點鐘就起床了……我把家事都做完了，還升了火……

蒂蒂：你問蜜蒂這是不是真的……啊，我們經歷了好多事呢！……

蒂蒂的媽媽：什麼，蜜蒂？……怎麼回事？……

蒂蒂：她和我一起走的……我們見到了爺爺和奶奶……

蒂蒂的媽媽（愈來愈迷惘）：爺爺和奶奶？

蒂蒂：對，在思念之境……就在我們去的途中……他們已經死了，但他們身體很好……奶奶還做了一個李子派給我們吃……我們還見到了弟弟妹妹，皮耶侯、侯貝、尚、尚的陀螺、瑪德蓮、皮耶赫特、寶琳，和熙格特。

蜜諦：熙格特，她用爬的！……

諦諦：寶琳鼻子上還有那個痘痘……

蜜諦：我們昨天晚上也看到你了。

諦諦的媽媽：昨天晚上？那不奇怪啊，我昨天晚上看著你睡覺的……

諦諦：不是，不是，是在幸福花園裡看到你的，你看起來更漂亮，不過那就是你……

諦諦的媽媽：幸福花園？我不知道這是什麼……

諦諦（端詳著媽媽，然後抱她）：沒錯，你看起來更漂亮，但我更喜歡現在的你……

蜜諦（也抱著媽媽）：我也是，我也是……

諦諦的媽媽（感動，但很不安）：天啊，他們怎麼了？……我也要失去他們了嗎？我已經失去了那麼多孩子！……（突然驚慌起來，她叫著）諦諦的爸爸！諦諦的爸爸！……快來啊，孩子們生病了！……

諦諦的爸爸上場。他神態安詳，手裡拿著一把斧頭。

諦諦的爸爸：怎麼了？……

諦諦、蜜諦（很高興地跑過去抱抱爸爸）：啊，是爸爸……是爸爸！……早安，爸爸！……你今天做了很多事嗎？

諦諦的爸爸：咦，怎麼回事？……這是怎麼了？……他們看起來不像生病。他們的氣色很好呢……

諦諦的媽媽（哭哭啼啼）：不能光看氣色……他們會像其他那些孩子一樣……他們那時候氣色直到最後也都很好，但上帝還是把他們接走了……我不知道他們怎麼了……我昨天晚上好好地看著他們睡覺，但今天早上他們一醒來就不對勁了……他們不知道自己在說些什麼，他們說著什麼旅行……說他們看見了光，看見了爺爺奶奶，說他們已經死了，但是身體還很健康……

諦諦：不過爺爺還是有一隻義肢……

蜜諦：奶奶也還有風濕痛……

諦諦的媽媽：你聽見了嗎？……快啊去找醫生來！……

諦諦的爸爸：不必，不必去請醫生……他們兩個還好好的呀……嗯，我來看看……

（有人敲門）請進！

鄰居太太上場。她是個老太太，拄著枴杖，模樣就像是第一場的仙子。

鄰居太太：早安，大家好、節日好！

蒂蒂：是碧露娜仙子！

鄰居太太：我來向你們要一點火，好燉一燉過節的燉牛肉……今天早上真冷啊……早安，孩子們，你們好嗎？

蒂蒂：碧露娜仙子，我沒有找到青鳥……

鄰居太太：他說什麼啊？……

蒂蒂的媽媽：問我我也不知道，碧靈果太太……他們自己都不知道自己在說什麼……他們早上一醒來就這個樣子……他們大概吃了什麼不該吃的東西……

鄰居太太：蒂蒂，你不認得碧靈果太太了嗎？我是你的鄰居碧靈果太太啊……

蒂蒂：我認得你啊……你就是碧露娜仙子……你沒生氣吧？……

鄰居太太：貝希……什麼？

蒂蒂：貝希靈。

鄰居太太：貝蘭戈，你是說貝蘭戈吧……

蒂蒂：貝希靈、貝蘭戈，隨你怎麼說都好，不過，蜜蒂也知道……

蒂蒂的媽媽：這下可糟糕了，連蜜蒂也這樣……

蒂蒂的爸爸：沒關係，沒關係！……我來給他們打打耳光，一下子就過去了……

鄰居太太：別打，別打，不必這樣……我知道這是怎麼回事。這不過是做了一個夢……他們倆大概睡在月光下了……我那個生病的孩子常常這樣……

蒂蒂的媽媽：提到你的孩子，她現在還好嗎？

鄰居太太：普普通通……她起不了床……醫生說那是神經繃得太緊……我知道怎麼治好她……她今天早上還問我要一個聖誕禮物。她總是想要……

蒂蒂的媽媽：對，我知道。她想要蒂蒂的鳥……噯，蒂蒂，你不把你的鳥送給那個可憐的小女孩嗎？

蒂蒂：你說什麼，媽媽？……

蒂蒂的媽媽：你的鳥……你現在都不看這隻鳥了……這麼久以來，小女孩卻極度渴望得到牠！

蒂蒂：啊，真的，我的鳥……牠在哪兒？……啊，就在籠子裡！……蜜蒂，你看到籠子了嗎？……就是麵包拿著的那個籠子……沒錯，沒錯，就是同一個。但現在裡面只有一隻鳥……牠難道吃了另一隻嗎？……看吶，看吶！……牠是青色的！……可這不就是我的斑鳩嗎？……不過現在牠看起來比我離開時顏色更青！……這就是我們一直在找的青鳥啊！我們到那麼遠的地方去找，牠卻就在這裡！……啊，這真是太妙了！……蜜蒂，你看到鳥了嗎？……光會怎麼說呢？……我要把鳥籠拿下來……（他爬到椅子上，拿下鳥籠，把鳥籠拿給鄰居太太）給你吧，碧靈果太太……這隻鳥顏色還沒有完全變青，不過牠會漸漸變青的，你看著吧……趕快把牠拿去給你女兒……

鄰居太太：不？……真的嗎？……你立刻就把鳥給我，白白送我？……天啊！她一定會很高興的！……（抱抱諦諦）我要抱抱你……我走了！……我走了！……

諦諦：是啊，快回去吧……有的鳥會改變顏色……

鄰居太太：我一會兒再來告訴你們我女兒怎麼說……

鄰居太太下場。

諦諦（久久看著自己四周）：爸爸、媽媽，你們對這房子做了什麼事？……房子看起來沒變樣，但比以前更美了……

諦諦的爸爸：怎麼，它比以前更美了？……

諦諦：是啊，一切都重新粉刷、所有的都更新了、東西都閃閃發亮、非常乾淨……去年可不是這個樣子……

諦諦的爸爸：去年？……

諦諦（走到窗邊）：還有這座森林！……它看起來也更大、更美！……就好像是新的一樣！……我們在這裡真幸福！……（走過去打開麵包箱）麵包在哪裡呢？……看，麵包好好地在這兒呢……還有諦洛就在這裡！……你好，諦洛，諦洛！……啊！你打了一仗！……你還記得森林裡那一仗嗎？……

蜜諦：諦蕾呢？……牠還認得我，但牠不說話了……

諦諦：麵包……（摸摸自己額頭）啊，我沒鑽石了！誰拿走了我的小綠帽？……算了！我也不需要這些了……啊！火……它多好啊！……它笑得劈劈啪啪的，惹得水生氣……（跑到水龍頭邊）還有水呢？……你好啊，水！……水說什麼？……水還在說話，但我已經聽不懂了……

蜜諦：我沒看到糖……

諦諦：天啊，我真開心、真開心、真開心！……

蜜諦：我也是，我也是！……

諦諦的媽媽：他們兩個怎麼這麼蹦蹦跳跳的？……

諦諦的爸爸：就由著他們吧，你別擔心……他們這樣覺得開心……

諦諦：我啊我特別愛光……她的燈在哪兒呢？……我可以點亮燈嗎？……（又看看他四周）天啊，看起來多美啊，我真開心！……

有人敲門。

蒂蒂的爸爸：請進！……

鄰居太太牽著一個小女孩進來。美麗的小女孩有一頭金髮，懷裡緊緊抱著蒂蒂的斑鳩。

鄰居太太：真是奇蹟啊，你們看！

蒂蒂的媽媽：怎麼可能！……她會走路了？……

鄰居太太：她會走路了！也就是說她會跑、會跳舞、會飛了！……她一看見鳥，人就跳了起來，就這樣，一跳，跳到窗邊，好在天光下看清楚這是不是真的是蒂蒂的斑鳩！……然後，撲的一下！……她就像個天使一樣跑到了街上……我好不容易才跟她……

蒂蒂（驚訝地走過去）：啊，她和光長得好像啊！……

蜜蒂：她個子小多了……

蒂蒂：那當然！……不過她會長大的……

鄰居太太：他們在說什麼？……他們還是不對勁嗎？……

蒂蒂的媽媽：好多了，會過去的……吃過午飯就會好了……

鄰居太太（把她女兒推到諦諦跟前）：去啊，孩子，去謝謝諦諦⋯⋯

諦諦突然一驚，往後退了一步

諦諦的媽媽：咦，諦諦，你怎麼了？⋯⋯你怕小女孩？⋯⋯來，親親她⋯⋯來啊，一個大大的吻⋯⋯比這更好一點的吻⋯⋯你平常不是這麼害羞的！⋯⋯再吻一次！⋯⋯你到底是怎麼了？⋯⋯你好像要哭了⋯⋯

諦諦笨拙地親吻小女孩後，在她面前直直站定。這兩個孩子四目相對，卻什麼話也沒說。然後，諦諦撫摸斑鳩的頭。

諦諦：牠顏色夠青嗎？

小女孩：夠青啊，我真開心⋯⋯

諦諦：我看過更青的⋯⋯但是那些很青很青的，我們怎麼也抓不到。

小女孩：沒關係，這隻鳥很漂亮⋯⋯

諦諦：牠吃過東西了嗎？⋯⋯

小女孩：還沒⋯⋯牠都吃些什麼？⋯⋯

諦諦：什麼都吃，麥子、麵包、玉米、蟬。

小女孩：牠怎麼吃呢？……

諦諦：用鳥喙子吃，你一會兒就會看到，我要牠吃給你看……

諦諦要從小女孩手中拿過鳥來。小女孩本能地抗拒。斑鳩趁著兩人相持不下，溜走了，飛遠了去。

小女孩（絕望地大叫）：媽媽！……鳥飛走了！……

小女孩大哭出聲。

諦諦：沒關係……別哭……我會抓到牠的……（走到台前，對台下的觀眾說）要是有人抓到這隻鳥，請還給我們好嗎？……為了未來的幸福，我們需要這隻鳥……

幕落

青鳥

【諾貝爾文學獎得主，追尋幸福的經典故事＋六幕夢幻劇珍藏版】

L'Oiseau Bleu

作　者　莫里斯．梅特林克（Maurice Maeterlinck）、
喬潔特．盧布朗（Georgette Leblanc）
譯　者　邱瑞鑾、林侑青
插　圖　斐德列克．卡萊．羅賓森
（Frederick Cayley Robinson）（頁i~xv）、
賀伯．帕斯（Herbert Paus）
（頁xxvi, 57, 77, 80, 82, 85, 91, 98, 100, 104, 109, 116, 124, 126, 132, 138, 169, 171, 180）
美術設計　莊謹銘
內頁排版　高巧怡
行銷企劃　蕭浩仰、江紫涓
行銷統籌　駱漢琦
業務發行　邱紹溢
營運顧問　郭其彬
責任編輯　張貝雯
總 編 輯　李亞南
出　版　漫遊者文化事業股份有限公司
地　址　台北市103大同區重慶北路二段88號2樓之6
電　話　(02) 2715-2022
傳　真　(02) 2715-2021
服務信箱　service@azothbooks.com
網路書店　www.azothbooks.com
臉　書　www.facebook.com/azothbooks.read
營運統籌　大雁文化事業股份有限公司
地　址　新北市231新店區北新路三段207-3號5樓
電　話　(02) 8913-1005
傳　真　(02) 8913-1096
劃撥帳號　50022001
戶　名　漫遊者文化事業股份有限公司
初版一刷　2022年12月
初版三刷(1)　2023年10月
定　價　台幣450元
ISBN　978-986-489-730-8

國家圖書館出版品預行編目 (CIP) 資料

青鳥: 諾貝爾文學獎得主, 追尋幸福的經典故事+ 六幕夢幻劇珍藏版/ 莫里斯. 梅特林克(Maurice Maeterlinck), 喬潔特. 盧布朗(Georgette Leblanc) 著 ; 邱瑞鑾, 林侑青譯. -- 初版. -- 臺北市 : 漫遊者文化事業股份有限公司, 2022.12
面；　公分
譯自 : L' Oiseau Bleu
ISBN 978-986-489-730-8(平裝)
881.7596　　111018661